문학사상 30주년기념출판

한국대표시인 101인선집

홍 윤 숙

홍윤숙 시인의 모습(사진작가 김일주 제공)

장식론(裝飾論) 1

여자가
장식을 하나씩
달아가는 것은
젊음을 하나씩
잃어가는 때문이다

「썻은 무」 같다든가
「뛰는 생선」 같다든가
(진부한 말이지만)
그렇게 젊은 날은
젊음 하나만도
빛나는 장식이 아니었겠는가
때로 거리를 걷다 보면
쇼윈도에 비치는
내 초라한 모습에
사뭇 놀란다
어디에
그 빛나는 장식들을
잃고 왔을까
이 피에로 같은 생활의 의상은
무엇일까

안개 같은 피곤으로
문을 연다
피하듯 숨어 보는
거리의 꽃집
젊음은 거기에도
만발하여 있고
꽃은 그대로가
눈부신 장식이었다

꽃을 더듬는
내 흰 손이
물기 없이 마른
한 장의 낙엽처럼 쓸쓸해져
돌아와
몰래
진보라 고운
자수정 반지 하나 끼워
달래어 본다

◀ 1933년 소학교 입학 기념 어머니와 함께.

▼ 5세 때의 가족사진. 앞줄 가운데가 홍윤숙 시인, 뒷줄 우측부터 아버지와 어머니.

▲ 1973년 김동리 선생의 회갑연. 김동리, 임옥인 선생과 함께.

▲ 차녀 양지혜의 경기여고 입학 기념 사진.

▲ 1970년대 초반 장남 양윤의 초등학교 입학 기념 가족사진.

▲ 1970년대 중반 상명여자사범대학 출강 당시 문예반 학생들과 함께.

◀ 홍윤숙 시인의 자택 서재에서.

▲ 1980년대 중반 어머니와 손녀딸과 함께.

▲ 1980년대 초반 가족과 함께.

▲ 1985년 대한민국문화예술상 수상식장에서.

▲ 1984년 일본에서 개최된 P.E.N. 대회. 좌측 조경희, 손소희 선생.

▲ 1985년 한국여성문학인회 회장 재임 당시 개최된 세미나에서 개회사를 하고 있는 모습.

▲ 홍윤숙 시인의 시집 모음.

▲ 1980년대 초반 프랑스 파리 루브르 박물관에서 박완서, 김홍신 선생과 함께.

▲ 1985년 대한민국문화예술상 수상식장에서 문인들과 함께. 앞줄 좌측부터 곽현숙, 박정희, 조수비, 뒷줄 성기조, 송원희, 손소희, 한무숙, 박현숙, 곽종원, 정한숙 선생.

▲ 1990년대 초반 가수 송창식 씨와 함께.

▲ 홍윤숙 시인의 시집 모음.

▲ 1995년 P.E.N. 클럽 문인들과의 뉴질랜드 여행. 우측부터 신지식, 김여정, 이문열, 전숙희, 이길원 선생.

▲ 1990년대 초반 중국 여행 당시 윤동주 시비 앞에서.

▲ 1996년 서울시문화상 수상식장에서 소설가 강신재 선생과 함께.

1994년 2월 경향신문사 제공.

◀ 1996년 서울시문화상
수상식장에서. 좌측부터
당시 이진희 문화부장관,
삼녀 양주혜 화가,
국악인 안숙선 선생,
사위 김화영 교수.

▲ 1997년 신동문 시인의 시비 제막식에서. 좌측부터 임성숙, 김남조, 구상, 김소엽 선생.

▲ 사위 김화영 교수(가운데)의 프랑스 국가교육훈장 수상 기념. 우측 삼녀 양주혜, 뒷줄 오생근 선생.

▶ 부군 고 양한모 선생의 고희연에서.

▲ 2001년 3·1문화상 수상식장에서 문인들과 함께. 좌측부터 이경희, 이옥희, 이해인 수녀, 김후란, 박순녀, 김영희, 김지연, 구혜영, 추영수, 박완서 선생.

홍윤숙 시인의 초상화와 친필 사인

사람을 찾습니다

사람을 찾습니다
나이는 스무 살
키는 중키
아직 태어난 그대로의
분홍빛 무릎과 사슴의 눈
둥근 가슴 한 아름 진달래빛 사랑
해 한 소쿠리 머리에 이고
어느 날 말없이 집을 나갔습니다
그리고 삼십 년 안개 속에 묘연
누구 보신 적 없습니까
이런 철부지
어쩌면 지금쯤 빈 소쿠리에
백발과 회한 이고
낯선 거리 어스름 장터께를
헤매다 지쳐 잠들었을지도
연락바랍니다 다음 주소로
사서함 추억국 미아보호소
현상금은
남은 생애 전부를 걸겠습니다

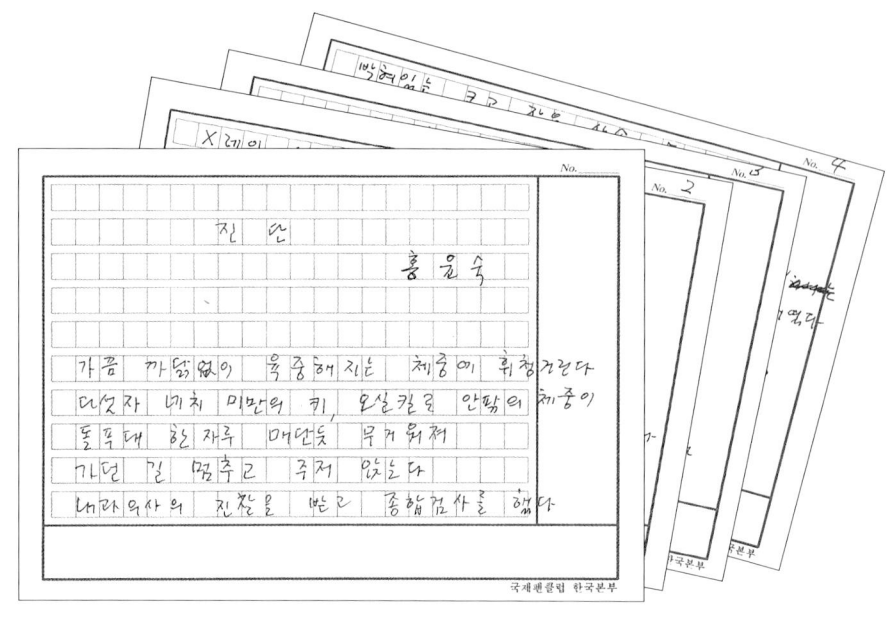

▲ 홍윤숙 시인의 육필 원고.

생의 결핍과 시대적 고통을
아우르는 구원의 노래

최대의 절망은 절망하지 않는 절망이라고 한 말을 나는 믿는다. 왜냐하면 참다운 절망 안엔 스스로 구원되고자 하는 신의 의지가 숨어 있으며 따라서 절망은 그대로 구원의 얼굴이라고 할 수 있기 때문이다. 이 시대의 이웃들과 함께 살아내는 법을 생각하면서 희망과 의지를 나누어 갖고자 원했다. 그것은 나와 함께 나처럼 앓고 있는 이웃에게 줄 수 있는 유일한 위로의 말이며 진실이었다. 내가 할 수 있는 유일한 사랑의 표현이었던 것이다.

—〈나의 삶 나의 문학〉 중에서

문학사상 30주년기념출판

한국대표시인 101인선집

홍윤숙

문학사상사

시문학의 르네상스를 지향하며…

한국대표시인 101인선집 간행의 말씀

인류는 아득히 먼 옛날부터 언어의 탄생과 더불어 가장 아름답고 감동적인 원초적 예술인 시(詩)를 꽃피워왔습니다. 그리하여 시는 어느 때, 어느 곳에서나 인간의 정신과 삶을 순화하고 풍요롭게 하며, 이상(理想)을 지향하는 정신적 영양소로 애송되어 왔습니다.

더욱이 다정다감하고 예술적인 정서와 재능이 풍부한 우리 겨레에게 시는 인간다운 삶을 구가하는 예술혼의 정화로서, 일제의 강점기와 같은 수난기에도 나라를 사랑하는 마음을 시로써 불태우며 겨레의 가슴마다 희망과 용기에 찬 민족혼을 일깨워왔습니다.

또한 8·15 광복 후의 혼란을 겪고 6·25 동란으로 폐허가 된 이 땅에 불사조의 넋처럼 잿더미에서 일어나, 선진국의 대열에 서게 한 기적을 낳게 한 것도, 아름답고 인간적인 삶을 희구하는 시 정신이 다른 어느 민족보다 강렬했기 때문이 아니겠습니까.

그러나 안타깝게도 오늘날 우리 사회는 가치관의 혼돈과 무질서가 휩쓸고, 부정과 부패가 판을 치는가 하면, 만인의 만인에 대한 극한의 투쟁이 소용돌이치는 삭막한 풍토에서 헤어나지 못하고 있습니다.

그 같은 풍요 속의 비극은 많은 원인이 있겠으나, 무엇보다도 황금만능의 사조에 사로잡혀, 소중한 정신적 유산인 시를 사랑하며 시 정신을 소중히 여기는 전통을 잊어가고 있기 때문이라고 하겠습니다. 그러므로 메말라가는 시 정신을 불러일으켜 겨레마다 시를 사랑하는 시혼(詩魂)을 고취하는 노력은 무엇보다도 소중하고 보람 있는 시대적 사명이며 문학적 과제라고 믿고 싶습니다.

이에 한국문학의 발전을 위한 향도적 사명을 다하기 위해 30년의 열성과 노력을 기울여온 문학사상사는, 2002년 창사 30주년을 맞이하여, 시문학의 르네상스를 지향하는 일이야말로 오늘의 가장 중요하고 시급한 국민적 과제의 하나라고 믿으며, 뜻을 같이하는 편찬위원들의 협조를 얻어, 한국대표시인 101인선집을 간행하기로 결정했습니다.

이 시선집은 한국 신시 100년을 집대성하는 한국 출판 사상 일찍이 시도되지 못했던 시청각을 통한 입체적인 감성을 돕게 힘으로써, 힌국 시문학사에 키다란 발자취를 남긴 대표시인 101인의 작품과 그 업적을 자자손손에 전하며 기리고자 합니다. 이 간행의 뜻을 혜량하여 전 시단과 독자 여러분의 적극적인 성원과 지원을 기대해 마지않는 바입니다.

(주)문학사상사 대표 임홍빈

편찬위원(김남조, 김재홍, 오세영, 이승훈, 최동호)

차례

시

타관(他關)의 햇살

백조(白鳥)의 노래

뿌리 또는 낙법(落法)

실낙원의 아침

정신사(精神史)

부록 : 육성CD(시낭송 / 홍윤숙)

1. 장식론(裝飾論)1 2. 어머니 2 3. 이 가을 내가 할 수 있는 일은 4. 바다의 언어 1 5. 하지제(夏至祭) 6. 우리 시대의 아들아 1 7. 시난 너름 나병(邏病)은 1,2 8. 시는 법(法) 1,2 9. 가을 집짓기 10 겨울 포플러 11, 사람을 찾습니다 12. 우리들 시대의 아들아 2 13. 감꽃 지는 감나무 밑에서 1,2 14. 지상의 양식(糧食) 7 15. 입석 16. 일생 17. 가방 싸기 18. 나의 하루 19. 마지막 공부 1 20. 인생(人生) 1 21. 인생(人生) 2 22. 낙법(落法) 23. 불 24. 팽이 1 25. 뿌리 26. 방목시대(放牧時代) 27. 나의 사전엔 28. 나의 예수 29. 눈 내리는 저녁 30. 저 혼자 눈뜨던 31. 마지막 공부 2 32. 정신사(精神史) 33. 플라타너스

일러두기
이 시선집에 수록된 CD는 2004년 6월 4일 홍윤숙 시인의 자택에서 녹음된 시인의 육성CD 입니다.

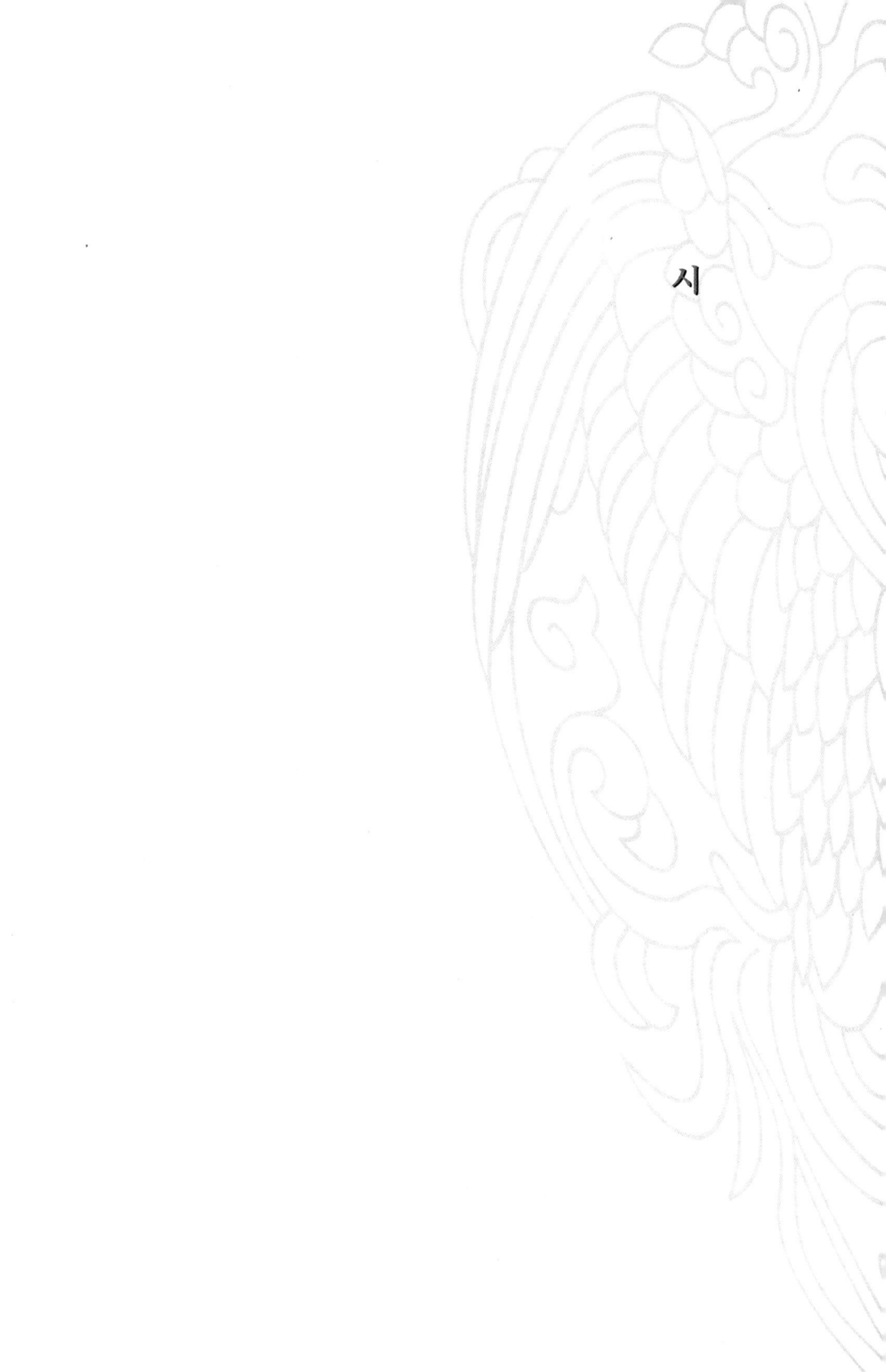

시

타관(他關)의 햇살

낙엽(落葉)의 노래

헤어지자 우리들 서로 말없이 헤어지자
달빛도 기울어진 산(山)마루에
낙엽이 우수수 흩어지는데
산을 넘어 사라지는 너의 긴 그림자
슬픈 그림자를 내 잊지 않으마

언젠가 그 밤도 오늘 밤과 꼭 같은
달밤이었다
바람이 불고 낙엽이 흩어지고
하늘의 별들이 길을 잃은 밤

너는 별을 가리켜 영원(永遠)을 말하고
나는 검은 머리 베어 목숨처럼 바친
그리움이 있었다 혁명(革命)이 있었다

몇 해가 지났나
자벌레처럼 싫증난 너의 찌푸린 이맛살은
또 하나의 하늘을 찾아 거침없이
떠나는 것이었고

나는 나대로 송피(松皮)처럼 무딘 껍질 밑에
무수한 혈흔(血痕)을 남겨야 할 아픔에

견디었다

오늘 밤 이제 온전히 달이 기울고
아침이 밝기 전에 가야 한다는 너
우리들의 부르던 노래 사랑하던 노래를
다시 한 번 부르자

희뿌여이 아침이 다가오는 소리
닭이 울면 이 밤도 사라지려니
어서 저 기울어진 달빛 그늘로
너와 나 낙엽을 밟으며
헤어지자 우리들 서로 말없이 헤어지자

일몰(日沒)

어느 그 날에 무딘 목숨을 받았는가

이 강(江)기슭 허구많은 옛말과 함께
흘러오고 또 쌓여온 모래밭을 어머니 삼아
치근치근히 곱지도 못한 뿌리를
펴온 나무들

잎마다 가지마다 바람과 비와 우뢰(雨雷) 같은
그러한 고난(苦難)에 찌들고 주름 잡혔음에도
애써 위로 위로 하늘이 그리울사
뻗어 오른 잎이며 가지며
모두 다 무수한 그 날을 견뎌왔음에야

오늘은 낡은 태양(太陽)이
빛도 없이 낡은 태양이
오랜 묵은 하늘에 가슴 앓듯
앓아누웠고

다시는 돌아올 것 같지도 않은 슬픈 낙일(落日)의
아득 캄캄히 저물어가는 어둠을 뚫고
태양의 죽은 넋을 조곡(弔哭)하는 까마귀 울음
가없는 하늘가에 끊일 듯 스쳐가고

이제사 저녁이라
물안개 자욱한 강(江) 언덕엔 나룻배 돌아가
세월(歲月)과 같이 찌들고 손때 묻은 노를 저어
잃어버린 노래도 찾을 길 없이 아비는 돌아가

강 건너 마을엔 가난한 아낙이
십 년(十年) 설움에 절은 손등을 부비며
한숨만 한 연기(煙氣)를 올리나니

어느새 마을엔 닭 우는 소리
개 짖는 소리 끊인 지 오랬어라

아비의 얼굴이며 어미의 얼굴이며
다시는 서로들 알아볼 수도 없으리만큼
무딘 눈 눈망울 속에 그래도 남은 것
슬픈 목숨이여, 불붙는 원한(怨恨)이여

장식론(裝飾論) 1

여자(女子)가
장식(裝飾)을 하나씩
달아가는 것은
젊음을 하나씩
잃어가는 때문이다

「씻은 무」 같다든가
「뛰는 생선(生鮮)」 같다든가
(진부한 말이지만)
그렇게 젊은 날은
젊음 하나만도
빛나는 장식이 아니었겠는가
때로 거리를 걷다 보면
쇼윈도에 비치는
내 초라한 모습에
사뭇 놀란다
어디에
그 빛나는 장식들을
잃고 왔을까
이 피에로 같은 생활(生活)의 의상(衣裳)은
무엇일까

안개 같은 피곤(疲困)으로
문(門)을 연다
피하듯 숨어 보는
거리의 꽃집
젊음은 거기에도
만발(滿發)하여 있고
꽃은 그대로가
눈부신 장식이었다

꽃을 더듬는
내 흰 손이
물기 없이 마른
한 장의 낙엽(落葉)처럼 쓸쓸해져
돌아와
몰래
진보라 고운
자수정(紫水晶) 반지 하나 끼워
달래어본다

장식론(裝飾論) 2

여자(女子)가
장식(裝飾)을 하나씩
달아가는 것은
지닌 꿈을 하나씩
잃어가는 때문이다

꽃이 진 자리의
아쉬움을
손가락 끝으로
가려보는 마음

나뭇잎으로
치부(恥部)를 가리던
이브의 손길처럼
간절한 것이기에
꽃 대신 장식으로
상실(喪失)을 메꾸어보는 것이다

　〔누가 십대(十代)의 소녀(少女)가 팽팽한 손가락에
　한 캐럿 다이아 반지를 끼고 다니던가
　그 애들은 그대로가 가득 찬
　꿈이겠는걸〕

잃어버린 사랑이나 우정(友情)
작은 별의 꿈들이
여름 풀밭처럼 지나간 자리에
한 장 가랑잎을 떨구는 가을

장식은
그 마지막 계절(季節)을 피워보는 향수(鄕愁)다
파란 비취(翡翠)의
청허(淸虛)한 고독을
배워 보는 창(窓)이다

아니 끝내 버릴 수 없는
나, 여자의
간절한 꿈을 실어보는
날개다

일상(日常)의 시계(時計) 소리

흔들리는 새벽에
눈을 뜨면
나의 지체(肢體)는
반쯤 흙에 묻혀
혼곤히 뿌리를 내린
겨울 국화(菊花)다

밤새
비어 있는
하늘에 누워
은(銀)빛 날개를 목욕(沐浴)하고
이슬이 뚝뚝 지는
잎이 된다

생활(生活)이
말갛게 가라앉아
투명한 수정으로 빛나는
아침 식탁(食卓)에
이가 시린 겨울 사과를 썰면
잎은 금시 물이 돋는
칼날이 된다

세상은
썰수록 커가는
부재(不在)의 둥근 사과
이가 시린 사과 속에
손을 담그면
멎었던 일상의 시계 소리도
여울져 오고

나날의 아침은
바람으로 미역 감는
해의 내실(內室)
이따금 주일(主日)의 맑은 성가(聖歌)에
혼(魂)을 씻으며
타지 않는 겨울 볕에
꿈을 말린다

환별(歡別)
—너의 장도(壯途)에

총대도 탄환도 없이 오르는 장도에
주먹과 가슴팍과 불타는 젊음만이
하나의 무기(武器)라고 웃음 짓던 너

낙엽(落葉)도 목숨처럼 쌓이고
목숨도 낙엽처럼 쌓이는 높은 산(山)마루엔
청춘(靑春)이 한 묶음 꽃처럼 뿌려지리
너 가거든
옳은 것이 그리워 너 가거든
부디 사랑과 같은 것은 조그마한 이름으로
불러두어라

…… 백설(白雪)이 휘날리고 얼음이 깔리련다
　　밤마다 하늘은 포성(砲聲)에 무너지고 ……

아, 나는
얼어붙은 창(窓) 밑에 손끝을 녹이며
너 돌아오는 날
개선(凱旋)의 새벽까지 살아야겠다

어머니 1
―할미꽃처럼 살으셨네

심심산천(深深山川)
외로운 골짜기에
홀로 앉아 사는
할미꽃처럼 살으셨네
나의 어머닌

달이
앞 강(江)에
물 먹은 국화(菊花) 송이처럼
싱싱한 밤엔
서러운 정(情) 붙일 데 없는
바람처럼 살으셨네
나의 어머닌

지금은 하얗게
사위어가는
질화로의 재
한 생(生)의 역사(歷史)가
불 속에 타버렸네
예순다섯 해

어머니 2
―석양(夕陽)에 누워

대청 안마루에
아침이면 시계(時計)처럼 똑딱거리시는
어머니
자꾸만 눈도 귀도 어두워지신다
하루 해 지쳐서
고향(故鄕)에 돌아가듯 어머니 방에 가면
쓰다 버린 장난감과 낡은 그림책
소리 안 나는 피리와 바람뿐이다

아이들이 타다 버린
공원(公園)의 낡은 목마(木馬) 같은
어머니 등
그 등에 허전한 내 마음을 실어본다

나도 언젠가
아이들이 놀다 갈
저같이 낡은 목마일 것을

쓸쓸한 여생(餘生)의 나날
어제는 종일 뜰에 꽃 심으시고
오늘은 한나절 장독대 손보시다
지금은 잠시 석양(夕陽)에 누워

잠드신 어머니

꿈속에
그리운 고향산천(故鄕山川)
가고 계신지
한 뼘 남은 햇빛 속에
편안하신지

어머니 3

—당신은 오늘

어머니,

당신은 이따금

신기하게 작은 인형(人形)이 되고

놀랍도록 가벼운 물체(物體)가 되십니다

그리고 부서질 듯 꺼지는 한 줌의 체중(體重)이

무거운 탄환처럼 가슴에 와 박힙니다

짜고 신산(辛酸)한 한 생애(生涯)의 무게가

우리가

흘러온 물의 근원을 잊어버리고

까맣게 한 바다를 헤매 다닐 때

당신은 홀로 남은 산골짝에서

텅텅 속을 태워 버리시고

이윽고는 남풍(南風)에도 부서지는 마른 잎이 되십니다

아, 저 산(山)허리를 넘어가는 노을 같은 뒷모습

오월(五月)의 순금(純金)빛 햇살을 깔고

소꿉놀이하시듯 반짇고리 뒤적이며

오색의 아롱진 조각보 모으시는

어머니,

당신은 오늘

이상하게 아름다운 소녀(少女)가 되고
문득 눈부신 부처님이 되십니다

어, 머, 니,

타관(他關)의 햇살 1

― 여일(麗日)

우리의 여름은 길고 뜨거웠다
서향(西向)한 집은 잠시 불타다 스러질 것이며
선량(善良)한 마음들은 어둠을 향해
경건히 성호(聖號)를 그을 것이다

오늘 아직은 타관의
낭자한 새소리에 잠이 깨고
드높이 계단(階段)을 오르내리고
아이들과 태양(太陽)을 강(江)으로 보내고
부서진 하루의 문을 여는
유예(猶豫)된 시간을 우리는 소유(所有)한다

균열진 마른 땅에
하얗게 표백(漂白)한 백색(白色)의 일광(日光)이
외로이 뒹굴고
무게도 없이 일어서는 투명한 과거(過去)가
반짝이는 눈물로 사라진다 하더라도

우리의 남은 날을
한 조각 구름이 되어 자유(自由)로이 흐르다
해바라기 탐스런 꽃잎에 앉아
화려한 웃음소리 햇빛 타는 소리를

잠잠히 듣고
잃어버린 시간의 유실물(遺失物)을 찾아
조용히 꽃잎을 뒤집어보는
아름다운 시간을 갖지 않았는가

겨울엔 겨울의 태양이 있고
마른 잎엔 대지(大地)의 잠이 있다

우리의 타관은 아직 빛나는 햇살 속에 있다

타관(他關)의 햇살 2
―가을 · 도시(都市) · 입구(入口)에

어느 날
이 도시는 불타고 있었다
태양은 어디서나
시뻘겋게 부란(腐爛)하는 토마토처럼 터지고

아침마다 배달하는
신선한 우유와 몇 포기 야채들은
금시금시 숨 막히는 열기(熱氣) 속에
썩어갔다

여신(女神)을 닮은 늠름한 해바라기들도
끝내 쓰러져
앙연히 대지(大地) 위에 숨져갔다

어디서나
참담한 여름이 운명해 갔다

그리고 어느 날
도시는 문득 살아나기 시작했다
헐떡이던 창(窓)들이 조용히 닫히고
식탁(食卓) 위의 우유가
알맞게 차가웠다

말끔히 단장한 햇빛과 상점(商店)
새로 피어나는 꽃들
곳곳에 봉인(封印)이 찍힌
가을, 도시, 입구에
사람들은 처음 온 나그네처럼
말을 잃었다

어디선가 무겁게 회전하는
지구(地球)의 소리를 듣고 있었다

모든 것이 그렇게 약속도 없이
가고 또 오는 것을 바라보고 있었다
잠시 지나가는 타관의 거리였다

타관(他關)의 햇살 3

―내가 사는 마을

내가 사는 마을
낡은 분수 가엔
내 어머니 소싯적 떠돌던
타관이 있다

해바라기 노오란 꽃 울타리
양(洋)개와집,
언덕,
나비 리본 곱게 단 바람이 있다

이따금 비에 젖은 구름 조각이
가만히 유리창을 들여다보는
쓸쓸한 타관 방의 여름이 있고

어디서나 우리 앞을 앞질러 가는
운명(運命)의
차가운 발자욱이 있다

지난 이십 년(二十年)
내가 내 어머니 소싯적 떠돌던
타관의 여름날 구름이었을 때

마을 어귀엔
비애(悲哀)를 무지개로 녹이던
솜사탕 장수도 널려 있었다

지금은 겨울이
퍼렇게 날을 세워
해바라기 꽃 울타리, 양(洋)개와집, 언덕
을 쓰러뜨리고
내가 사는 마을에 이사해 왔지만

나는 아직
그 여름의 소싯적 거리를 떠돌고 있고
눈부시던 타관의 햇살을
기억하고 있다

타관(他關)의 햇살 4
—북촌(北村) 정거장에

오늘 아침 북촌(北村) 정거장에
한 떼의 한랭(寒冷)한 바람이
기적(汽笛)을 울리며 도착(到着)했다

그 속에 쬐그만 가랑잎의 남(男)사랑이 끼어
점점이 하늘을 난무(亂舞)하며
북촌(北村) 거리를 돌아다녔다

지나가는 꽃 가게의 유리창 너머
한 무더기 국화를 들여다보는
노오란 우수(憂愁)의 얼굴에도
바람은 차갑게 눈뜨고 있었다
커다란 눈을 깜박이고 있었다

내일 아침 북촌 정거장엔
또 다른 한 무리의 가을 대상(隊商)이
말굽 소리 울리며 도착할 것이다
내가 사는 마을에도 당도할 것이다

나는 반만 창(窓)을 열고 내다보리라
창 뒤에 숨어서 내다보리라
저 먼 타관의 가을 한때를

이 가을 내가 할 수 있는 일은

이 가을
내가 할 수 있는 일은
내가 내 의자(椅子)에 앉아 있는 일이다
바람 소리 귀 세워
두어 번 우편함(郵便函)을 들여다보고
텅 빈 병원(病院)의 복도를 돌아가듯
잠잠히 내 안으로 돌아가는 일이다

누군가
나날이 지구(地球)를 떡잎으로 말리고
곳곳에 크고 작은 방화(放火)를 지르고
하얗게 삭은 해의 뼈들을
공지(空地)마다 가득히 실어다 버리건만
나는 손가락 하나도 움직이지 못한다
나뭇잎 한 장도 머무르게 할 수 없다

내가 이 가을 할 수 있는 일은
내가 내 의자에 앉아
정오(正午)의 태양(太陽)을 작별하고
조용히 하오(下午)를 기다리는 일이다
정중히 겨울의 예방(禮訪)을 맞이하는 일이다

희망(希望)

우리는 어디서나 떠나고 있다
더러는 물이고
더러는 바람으로
때 묻은 식기(食器),
벗어놓은 평상복(平常服)에,
반신불수(半身不隨)로 끼여 있다가
날이 새면 잃어버린 열쇠 구멍으로 빠져나간다

아무도 웃지 않는
쓸쓸한 아침 식탁(食卓)
싸움도 없는 미움과 이별
공허한 기도와 말씀들이
나날을 일식(日蝕)하는 뭍을 돌아
고독한 하오(下午)의 바다로 간다

바다에선
날마다 무수한 추억(追憶)을 실은 배가
뭍을 떠나고
떠나보낸 추억만 한 비애(悲哀)가
다시 실려온다
사람들은 줄지어 모여 서서
저마다 무거운 낚싯대를 바다에 던지고

미지(未知)의 수확(收穫)을 기다린다

〔그러나 희망(希望)은
번번이 우리의 신앙(信仰)을 배반하였다〕

하루의 낚시 끝에 걸리는 실의(失意)
돌아온 뭍에선
옛날 그대로 날이 저물고
부서진 창살마다
낡은 해가 걸린다

우리는 또다시
때 묻은 식기(食器),
벗어놓은 평상복(平常服)에,
반신불수(半身不隨)로 끼어들고
밤새 출렁이는 물결이 되다
새벽의 탈출(脫出)을 예비한다

어디서나
우리의 희망은
아름다운 죽음으로 변신(變身)해 갔다

비정(非情)

육(肉)곳간 목판(木板) 위엔
시퍼런 칼날이
사계절(四季節) 피를 물고 누워 있었다

저녁이면
한 마리 소의 껍질과 뼈와 살들이 찢겨져
검붉은 천장에 조각난 기(旗)폭처럼 매달려 갔다

사람들은 다투어 피가 지는 살점들을
한 덩이씩 썰어 갔고
흥건한 유혈(流血) 속에 되도록 진하고 처절한
피의 육괴(肉塊)에 용솟음쳤다

그즈음 낮익은 도시(都市)의 하늘엔
신(神)의 깃털 같은 몇 점 구름이
저마다 장밋빛 노을을 물고 있었다

목숨이 한 점 살점도 없이 소멸(消滅)하고
검게 윤나는 육곳간 천장에
차디찬 쇠고리가 흉기(凶器)처럼 걸릴 무렵

인간(人間)의 식탁(食卓)에선

한 덩어리의 죽음을 씹는
차고 단단한 차돌 같은 이(齒)가
문명(文明)의 밤을 웃고 있었다
금니[金齒]를 반짝이며 웃고 있었다

거리 어디에서나
윤락(淪落)한 국화(菊花)가
긴 밤을 요란히 웃고 있었다

바다의 언어(言語)

우리가 한 바다를 지날 때
한 무리의 구름이 되어
바다 위를 떠갈 때

아득히 먼 뱃머리나 갑판(甲板) 위에서
서로 모를 사람들이
손을 흔든다
더없이 뜨거운 혈육(血肉)들처럼
손을 흔든다

흔드는 손은 알고 있다
우리가 어느 날 바다를 떠나올 때
새벽의 여명(黎明)이나 낙양(落陽)의 노을을
뒤에 두고 올 때
기억(記憶)과 미래(未來)도 남몰래 뭍에 내려놓고 온 것을

내일 없는 바다에
우리가 모두
뿌리 없이 흘러가는 물결이며
시시로 부서져가는 포말(泡沫)임을
서로 아는 것이다

잠시 스쳐가는 이 세상의 만남과
흘러가는 의미(意味)를
흔드는 두 손에 담아보는 것이다
흔드는 두 손에 확인하는 것이다

바다에선 누구도
그 밖의 말을 알지 못한다
손을 흔드는,
손을 흔드는,
그 유순한 순명(順命)
그 밖의 어떤 이 세상 말도
바다는 잠잠히 지워버린다

꽃들의 생애(生涯)

1
바람이 종일
산 하나를 헐어내고 있다
쉬엄쉬엄
숲을 찍어내고 있다

여기저기 단명(短命)한 꽃들이
아름다운 소문을 피워놓고
돌아오지 않는 아침 이야기를
꽃피우고 있다

아직은 이별을 모르는
행복한 눈매들이 웃고 있다

이제 곧 종이 울리고
커다란 손이
그들의 눈을 감길 것이다

2
아무도 그 손의 임자를
본 적이 없다

아침에 분홍빛 장미를
축복 속에 피워놓고
저녁에 지체 없이 걷어가는 손

꽃들은 이유 없이 태어나
유예 없이 간다

눈물도 사치한 모일(暮日)이 오고
순명(順命)의 아픈 지혜
가시로 꽂히는 저녁

더러 맑은 혼(魂)들이 무리를 빠져나와
차디찬 이슬로 맺히기도 하지만
이내 작은 바람을 놓아
허실(虛實)의 꿈을 일깨운다
참 이상한 손
손의 임자다

3
노을이 저녁 뜰에
새빨간 유서를 뿌리고 돌아간다

꽃들이 아름다운 최후를 진술(陳述)하고
두꺼운 책장을 하나씩 닫는다

뜰은 남은 이야기를 지우며
커다란 손으로 묵화(墨畵)를 친다

혼자 사는 사람의
정결한 눈매로 묵화를 친다

슬프지도 않은 비극(悲劇)이
날마다 반복되고

살아남은 꽃들이
무서움도 없이 어둠 속에 웃는다

누가 저 어둠 뒤에 숨어
꽃들의 희망을 흙으로 덮고

다시 하얗게 바랜 새벽의 시체를
널고 있는가

참담한 것은 아무도 그 손의 집행(執行)을

의구(疑懼)하지 않는 일이다

아침이면 말갛게
꽃들의 죽음을 잊어버리는 일이다

주일미사(主日彌撒)

거기만 동그랗게
해가 들고 있었다

생목(生木) 울타리 늘어선 사이사이
빨간 들장미도 피어 있었다

바람은 울타리 밖에
파수를 서고

구름은 한 발자국 비켜서
돌아갔다

한층 높은 빛 속에서
눈부신 사나이가 금빛 목소리로 호명하고 있었다

어둠 속에서 뽑힌 사람들이 줄지어 걸어 나와
순결한 얼굴로 무릎 꿇었다

그러면 갑자기 거기만 동그랗게 불이 켜지고
그 밖은 캄캄한 어둠으로 변했다

빛이 도려내는

차가운 가위질

나는 어둠 속에 혼자 남아
문득 두터운 빛의 유리 벽(壁)을 보았다

속(續)·주일미사(主日彌撒)

그 집은 사방으로 눈부신 뜰을
열어놓고 있었다

어디서나 환히 길을 잡는
탑(塔)이었다

멀리 바라보면 선명한 문(門)이다가
가까이 다가서면 희뿌연 벽(壁)

문은 밖으로 열려 있고
안으로는 굳게 잠겨 있었다
빛은 사위(四圍)를 비치고 있었지만
빛 속에서 어둠은 보이지 않았다

빛은 빛에 눈이 어두워
발아래 어둠이 보이지 않았다

내가 어둠 속에 있을 때
그 집은 찬란한 빛이더니

내가 빛 속에 들어갔을 때
집은 어둠 속에 묻혀버렸다

나는 빛을 그리며 다시 어둠으로 돌아오고
어둠 속에 빛은 다시 도도해졌다

우리들 시대의 아들아 1

아들아 가시철망에 찢어진
아침 햇살을 보라

유혈(流血)하는 햇살의 비명(悲鳴)
비명을 분쇄하는
바람의 포격(砲擊)을 보라

긴 밤
불면의 겨울 숲을 헤쳐 나온
기아(飢餓)의 새
새들이 떼 지어 사살(射殺)되는 건
그들이 매도(賣渡)하지 않는 날개 때문이다

이 아침 살아남아
살아남아 노래하는 건
오직, 너
너의 팽팽한 가슴
근육(筋肉)마다 튕기는 고발(告發)의 탄력(彈力)

아들아
오늘도 무거운 장총(長銃)엔
충분한 실탄(實彈)

배낭(背囊)엔
꿈도 가득 채웠는가

포위망을 뚫고
가시철망을 끊으며
녹슨 빗장을 제끼는 손

내일을 여는
확신(確信)의 손에
끝없이 밝은 집단(集團)의 햇살이 튄다

어디서나 쏟아지는 함성(喊聲)이 되고
어디서나 산화(散花)하는 꽃잎이 되는
우리들 시대의 아들아

니 가는 천지
굽이쳐 강물로 흐르는 내 사랑은
아픈, 맨발의 백의종군(白衣從軍)
날마다 희디흰 붕대(繃帶)를
가슴에 감는다

하지제(夏至祭)

1
둥, 둥, 둥,
낯선 땅 모랫벌에
신명은 주문(呪文)처럼 하늘에 닿았다

불모의 여름을 유랑하는
곡마단

청춘은
그렇게 짐을 싸며 떠났다

땀으로 눈물 씻던
산하(山河)

함성처럼 떠오르다 사라진
별들

찢어진 희망들이
눈을 뜨고 죽어갔다

시간이
안개빛 명정(銘旌)을 휘날리는 벌판

2
가시, 엉겅퀴
형벌(刑罰)처럼 여름은 뜨거웠다

들끓는 신열 노을로 쏟으며
만리장성 구름이 되어가다

한 주름 비로 내리는 곳은
비슷한 길목 고개 숙인 어둠 속

창에 어린 몇 개의 별들이 길을 잡는
꿈의 변방을 오르내리다

새벽이면 다시 짐을 싸는
불거진 등에

익명의 사나이는
먼저 운명의 작은 싸인을 했다

하루아침
노독(路毒)은 아름답게 발병(發病)하고

싸움도 없는 벌판에선
산탄(散彈)처럼 나뭇잎이 떨어져내렸다

사는 법(法)

지난 여름 야영(野營)은 1

하느님

지난 여름 야영은
아름다웠습니다

이슬에 젖은 백색 셔츠는
초록빛 풀물로 함빡 물들고

군데군데 패랭이꽃 부끄러운
진분홍 꽃물도 몰래 들이고

해가 뜨고 지는 몇 개의 언덕을
무엇인가 노래하며 넘었습니다

넘어져 깨진 무릎의 피
꽃처럼 말려 배낭에 넣고

때 묻은 오늘 열심히 빨아
풀도 먹이고

비탈진 길
지구의 사면(斜面)에 비가 내려

우리의 야영은
늘 어딘가 한구석이 젖었습니다

지난 여름 야영(野營)은 2

가을
우주의 황혼이 오고

지구가 황금의 추억으로
술렁거릴 때

넣어둘 집이 없는
마음 하나

광야를 헤매는
바람의 끝도 보았습니다

땀과 눈물 소금으로 버캐 낀
순금의 소금밭 겨울 오지(奧地)

문득문득
하늘로 가는 길도 보이는 아침

하느님

늦은 날에 떠주신
물 한 그릇
서천(西天)의 나날이 그 안에 넘칩니다

사는 법(法) 1

잠자는 법 눈뜨는 법
걸음 걷는 법
하루에 열두 번도 하늘 보는 법
이를 빼고 솜 한 뭉치 틀어막는 법
한 근씩 살 내리며 앓는 법 배워요
눈물의 소금으로 손바닥 절이며
열 손가락 손톱마다 동침 꽂고 손 흔드는
이별법도 배워요
입술 꼭꼭 깨물며 눈으론 웃고
목구멍 치미는 악 삼키는 법 배워요
가슴 터져나도 천 리(千里) 긴 강물 붕대로 감고
하루에 열두 번씩 죽는 법 배워요

사는 법(法) 2

날지 못할 날개는 떼어버려요
지지 못할 십자가는 벗어놓아요
오 척 단신 분수도 모르는 양심에 치여
돌아서는 자리마다 비틀거리는
무거운 짐수레 죄다 비우고
손 털고 돌아서는 빌라도로 살아요
상처의 암실엔 침묵의 쇠 채우고
죽지 못할 유서는 쓰지 말아요
한 사발의 목숨 위해
날마다 일심으로 늙기만 해요
형제여 지금은 다친 발 동여매고
살얼음 건너야 할 겨울 진군
되도록 몸은 작게 숨만 쉬어요
바람 불면 들풀처럼 낮게 누워요
아, 그리고 혼만 깨어 혼만 깨어
이 겨울 도강(渡江)을 해요

사는 법(法) 3

강철의 태양에 살을 지지며
단단한 열매로 최후를 완성하며
끝내 한 덩어리 어둠으로 돌아가는 나무
땅 위에 뿌리박힌 천형(天刑)의 나무는
어찌하여 제 키보다 더 큰 벌 받고 섰는지
일러다오
바람 부는 벌판에 밤을 지새는
우리들 시대에 알맞은 옷을
단단한 신들메를, 가슴에 독(毒)을
어디서나 뿌리박고 집을 짓는
풀잎으로 풀꽃으로 변신하는 법
그늘로 낮은 데로 숨어서 야행(夜行)하는 포복의 법
198×년 겨울 나는 법

나직이 일러다오
아픔엔 아픔으로 단근질히고
고통엔 고통으로 밥을 먹이고
바람으로 영혼이 크며 앓으며
'아름답게 미쳐서' 새가 되는 법

사는 법(法) 4

기다려야 해
네거리 신호등 빨간 불 앞에선
가던 길 멈추고 한숨 돌리고
잊었던 하늘 한 번 다시 보고
흘러내린 행낭 고쳐 메야 해
먼 산마루엔 분홍빛 구름 한 점
돌아가는 모퉁이엔 수묵빛 어둠
남은 여정 자욱이 찬비 부리는
한 시대 도상(途上)에 함께 젖은 우리들
보아요 누구도 이 비를 피해 가지 못하는
운명의 겨울
추운 몸 서로서로 살 부비고
남은 불 조금씩 나누어 지펴요
어둠 속에 뿌리들 서로 엉켜요

사는 법(法) 6

보아요
우리들이 떠나온 그날로부터
숯불 같은 산하를 맨발로 걸어온
40년의 광야
아직은 가나안 바깥 어둠이지만
예리고의 성 밖을 돌고 있지만
때가 오면 관솔에 기름 부어
한 솔기 불꽃으로 길을 밝히고
눈부신 이마로 신들메를 매어요
가슴에 금빛 단추 반짝이는 불을 켜고
들찔레 덩굴로 허리 동이고
바람 부는 벌판에 장대로 서서
한 시대 어둠을 허물어내요
두 팔에 집채 같은 밤을 함께 안아요
어디서나 우리들의 언어(言語)는 빛이었어요

사는 법(法) 7

이승 끝에 서서 보아
날마다 이승의 끝이라 생각하며 보아
영혼이 비에 젖어 널처럼 무거운 밤
숱한 구둣발이 가슴을 밟고
천군만마로 지나가는 밤
한 시절 불을 놓아 우리를 키워준
무성한 어둠의 갈대숲을 보아
이를 빼는 아픔도 사치롭던
비애의 칼을 갈던 신명의 나날
포도의 즙을 짜듯 마른 살을 짜고
돌로 돌을 치며
고독한 자해(自害)에 피 흘리던
무성한 어둠의 갈대숲을 보아
바람에 찢기우며 키가 자라고
불볕에 타면서 영혼이 익던
야행성(夜行性) 불면의 여름 유적지
그 숲에 지금도 댕댕댕 종소리 울리며
조근조근 일러주는 이 세상 율법의
삭은 말씀 들어보아
살결마다 울리던 생의 벨소리
새순처럼 목을 감던 웃음소리
자잘한 희망과 눈물의 꽃망울들

아직도 강변에 피어 흔들리는 모습 보아
날마다 이승의 끝이라 생각하며 보아

가을 집짓기

돌아가야지
전나무 그늘이 한 겹씩 엷어지고
국화꽃 한두 송이 바람을 물들이면
흩어졌던 영혼의 양 떼 모아
떠나온 집으로 돌아가야지
가서 한 생애 버려뒀던 빈집을 고쳐야지
수십 년 누적된 병인을 찾아
무너진 담을 쌓고 창을 바르고
상한 가지 다독여 등불 앞에 앉히면
만월처럼 따뜻한 밤이 오고
내 생애 망가진 부분들이
수묵으로 떠오른다
단비처럼 그 위에 내리는 쓸쓸한 평화
한때는 부서지는 열기로 날을 지새고
이제는 수리하는 노고로 밤을 밝히는
가을은 꿈도 없이 깊은 잠의
평안으로 온다
따뜻하게 손을 잡는 이별로 온다

지명(知命)의 겨울 4

생애의 골목길을 무수한 여름들이 지나가고
지천으로 버려졌던 장미도 간 데 없고
남은 해 아직 끝나지 않은 악기처럼
벌판에 울리는데
우리들의 야영은 겨울로 떠난다
눈 속의 산행(山行)이 시작된다
최후의 패(牌)를 떼어버린 시간
'별을 정한 자는 돌아보지 않는다'고
바람 출렁이는 자일 위에서
가시로 일어서는 지명의 겨울
비로소 생애를 관통한 한 발의 총성을
나는 듣는다
열 갈래로 찢어졌다 다시 하나로 모이고
모여서 끝내 흔적 없이 사라져가는
저 이름 지을 수 없는 부재(不在)의
찬란한 총성

지명(知命)의 겨울 5

다시 한 번
다시 한 번 하면서
나는 걸었다
넘어지는 돌부리
떨어지는 벼랑마다
캄캄한 어둠으로 발을 지지며
한 솔기 바람으로 다시 아물며

한 생애 '걷는 것밖에는 믿을 것이 없었던'
고독한 피의 내림
그것은 잠들 수 없는 자의 눈물이었다
보이지 않는 제 얼굴을 찾아
들쥐처럼 헤매던 광야의 밤
캄캄한 젊음의 갱도는 늘 비어 있었고
날마다 헛되이 지나가는 쓸쓸한 미명과
일몰의 설레임
불면의 오지(奧地)에선 이따금 눈보라의 예감에도
가슴 뛰었다
굶주린 자의 황폐한 허기는
파멸을 알면서도 금단의 열매로 공복을 채웠고
허망의 늪에 두 손 짚고
점점이 살을 깎는 풍화(風化)에 날을 지샜다

언제나 조금씩 핏발 서 일어서던 광기의 바람
불온하게 눈뜨던 야성의 억새밭에 그러나
바람은 서서히 운명해 가고
곤두서던 치욕의 가시도 목을 넘기고
어느덧 물 같은 나이
새파랗게 불을 켜던 강변의 한(恨)들을
하나씩 소등했다

출렁이며 가라앉는 흑백의 수면 위에
비로소 떠오르는 지명(知命)의 얼굴
구멍 난 영혼의 성벽 위에
오늘은 유서처럼 펄럭이는 기를 꽂는다
내 생에 바치는 평화의 항서(降書)
이제야 따뜻하게 옷을 벗는 허무를 만나
아름다운 거리(距離)로 손잡는다
그리고 다시 처음부디
마지막 사랑의 동행을 시작한다

겨울 포플러

나는 몰라
한겨울 얼어붙은 눈밭에 서서
내가 왜 한 그루 포플러로 변신하는지

내 나이 스무 살 적 여린 가지에
분노처럼 돋아나던 푸른 잎사귀
바람에 귀 앓던 수만 개 잎사귀로 피어나는지

흥건히 아랫도리 눈밭에 빠뜨린 채
침몰하는 도시의 겨울 일각(一角)

가슴 목 등어리 난타하고
난타하고 등 돌리고 철수하는 바람
바람의 완강한 목덜미 보며
내가 왜 끝내 한 그루 포플러로
떨고 섰는지

모든 집들의 창은 닫히고
닫힌 창 안으로 숨들 죽이고
눈물도 마른 잠에 혼불 끄는데

나는 왜 끝내 겨울 눈밭에

허벅지 빠뜨리고 돌아가지 못하는
한 그루 포플러로 떨고 섰는지

사람을 찾습니다

사람을 찾습니다
나이는 스무 살
키는 중키
아직 태어난 그대로의
분홍빛 무릎과 사슴의 눈
둥근 가슴 한 아름 진달래빛 사랑
해 한 소쿠리 머리에 이고
어느 날 말없이 집을 나갔습니다
그리고 삼십 년 안개 속에 묘연
누구 보신 적 없습니까
이런 철부지
어쩌면 지금쯤 빈 소쿠리에
백발과 회한 이고
낯선 거리 어스름 장터께를
헤매다 지쳐 잠들었을지도
연락바랍니다 다음 주소로
사서함 추억국 미아보호소
현상금은
남은 생애 전부를 걸겠습니다

다시 삼월에 1

내가 어렸을 때
삼월은 봉원사 뒤뜰 깨어진 종신(鐘身)에
한 오백 년 묵은 상처나 슬슬 문지르며
헐벗고 굶주리고 피맺힌 강산에
목소리 죽이고 숨죽이고
버선발로 살얼음판 기어서
울 아버지 한밤중 싸리 바자울 아슬아슬 넘어오듯
그렇게 앞뒤 입 막고 귀 막고 숨 터지게 왔어요
할아버지 여덟 새 무명 동저고리 바람으로
만주 북간도 피멍 들어 넘나들던
객관의 주막 서러운 봉놋잠 깨울까 봐
깨어서 다시 불붙는 통한의 불기둥 될까 봐
제국주의 창검 아래 썩뚝썩뚝 잘리는 생초목 될까 봐
할머니 긴 밤 심지불 돋우며
아주까리 기름등잔 바작바작 태우던
근심으로 왔이요, 눈물 한숨 단근질로 왔어요
그때 삼월은

다시 삼월에 2

다시 삼월의
자욱한 내륙엔 야생의 동화 같은
진달래꽃 봉실대고
삼동에 지질린 허약한 약시(弱視)에도 갈매빛 돌아
길고 긴 자맥질로 퍼올리는 오천 년 잠 속에
신실히 눈뜨는 고조선 진솔바람
안압지 무영탑, 부여 낙화암 돌아오는 바람
오백 년 이조 도요지의 흙으로 빚은
근지러운 살갗에 불붙이며 오는
고구려 적 흙바람, 신라 백제 고려 송악의
청동빛 바람 불어요
유관순 언니 열여섯 더운 바람
진달래빛 피 뿌리며 낭자하게 낭자하게
백두(白頭)에서 한라(漢拏)로 압록(鴨綠)에서 낙동(洛東)으로
한 필로 이어주는 혈맥 같은 바람 불어요

다시 삼월에 3

이 아침 동토(凍土)의 살을 찢고
격전의 눈보라길 넘어
한 시대 갇혔던 어둠의 바리케이드 위에
한 자배기 숯불로 타오르는 해야
폭죽 같은 해야
기다림에 지쳐 갈빗대 욱신거리는
반동강 가슴 위에
백골로 누운 할아버지 할머니 지석묘(支石墓) 위에
순금 태환(太鐶)으로 걸리는 해야
눈물 글썽이는 삼월의 해야

우리 동네

세탁소 이발소 미장원 양복점
도장포 지물포 문방구 철물전
한식 일식 고급 양식에 중화요리점
없는 게 없습니다 우리 동네엔
하루 종일 유리창 하나 가득 웃음을 파는
사내의 얼굴이 무성영화 시대의 활동사진 같은
사진관 앞을 지나 약국을 지나
헐었다 지었다 헐었다 지었다
집짓기 놀이하는 교회당을 지나
내가 사는 골목, 바람 속에 들어서면
헐어빠진 구멍가게
시금치 몇 다발 알사탕 몇 개
시들시들 꿈을 앓던 그 모퉁이
흙과 해가 놀던 자리
오늘은 덩그렇게 빌딩이 서고
빌딩 창구마다 H은행 개업 축하
꽃다발로 밀리더니
어느 날 최신형 슈퍼마켓이
총천연색으로 들어앉았습니다
나의 손목시계는 「여기서 언제나 저녁 여섯 시」
멎어버린 시계 속엔 황금빛 해바라기
일각대문 집

치렁치렁 우물물 푸는 소리
퐁퐁 들립니다 맨드라미 밭에

우리들 시대의 아들아 2

마루 아래 벗어놓은 한 켤레 군화

간밤 어느 후미진 골짜기에

젊은 피 뜨거운 밤을 밝히고 왔는가

누런 황토 흙 쩍 벌어진 앞부리

네가 묻혀온 이 땅의 흙 빛깔이

피처럼 아프구나 내 아들아

강바닥 진흙 구덩이 지뢰 묻힌 휴전선 155마일

죽음과 삶의 갈림길 밟고 온 너

벗은 발이 풀잎처럼 밤이슬에 젖어 슬픈 어미들

날마다 등어리 벗어지도록 짊어진

천 리 국토의 무게 자유의 중량

온밤 잠들지 않기 위해 신 끈을 풀지 않고

꿈꾸지 않기 위해 밤을 밝히는

시대의 파수꾼 작은 별들아

태어나 처음 쓴 진달래빛 연서며 푸른 설계도

순금의 날개 함께 침묵으로 접어서

빈방 깊은 서랍 추억의 책갈피에

불씨로 묻어두고 떠난 너희들

조금씩 작아지는 꿈의 키를 가슴으로 버티며

날마다 일념으로 산 하나를 넘고 있는

우리들 시대의 장한 아들아

이 밤 네가 흘린 피값으로 나는 잠들고

네가 바친 젊음으로 나는 노래한다
천 근의 기쁨과 천 근의 아픔으로 너를 꿈꾸며
아들아 묻지 말자
지금은 어떠한 질문도 응답도 얼어붙는
적진 최전방 눈 내리는 전선 155마일
너는 두 어깨 탄탄한 철근 콘크리트
자유를 수호하는 만리장성
우리들 시대의 희망이다

백조(白鳥)의 노래

감꽃 지는 감나무 밑에서 1

감꽃 지는
감나무 밑에서
지는 감꽃을 바라보노라면
어디선가 시나브로 해 지는 소리 들려
을지로 퇴계로 한남동 고개에서
한강 서강 샛강 건너에서
지는 해 댕댕댕 우는 소리가 들려
가슴에 새 한 마리
덩달아 부엉부엉 우는 소리가 들려
감꽃 지는
감나무 밑에서
지는 감꽃을 바라보노라면
사방에서 뚝뚝뚝 해 지는 소리 들려
동서남북 어디서나 지는 소리만 들려
이 근래 나의 귀엔
지는 소리만 들려
눈 감고 지는 소리 듣고 있노라면
무척 아름다운 세상 하나가
쟁쟁쟁 피리 불며 떠나는 소리 들려
감꽃 지는
감나무 밑에서
지는 감꽃을 바라보노라면

이 나라 사람들이 모두
보슬보슬 빗발 되어
저 먼 나라로 떠나는 소리 들려

감꽃 지는 감나무 밑에서 2

이 근래 나의 귀엔
지는 소리만 들려
감꽃 지는
감나무 밑에 서서
지는 감꽃을 바라보노라면
온통 나의 귀엔
지는 소리만 들려
저 땅의 진달래도 개나리도
목련도 지고
산단화 철쭉 모란도 지고
라일락 등꽃 작약도 지고
지고 지는 이 세상 모든 일이
우리의 삶이
감꽃 지는
감나무 밑에 서서
지는 감꽃을 바라보노라면
그렇게 눈 시리게, 눈 시리게
보일 수가 없어
그렇게 물속처럼 환히 보일 수가 없어
감꽃 지는
감나무 밑에서 바라보노라면
이 세상 삶이

아른아른 혼살까지 비치어 보여
하늘로 가는 길도 그 속에 보여

백조(白鳥)의 노래

　모리스 마테를링크의 〈파랑새〉 이야기를 아시는지요

　그것을 찾으면 모든 것을 볼 수 있고 모든 것을 알 수 있는 행복의 새 그 파랑새를 찾으러 떠난 치르치르와 미치르의 이야기를 아시는지요 나도 느지막이 스무 살이 넘어서야 파랑새 아닌 백조 한 마리를 어느 봄날 들에서 안고 돌아왔었습니다 그로부터 오늘까지 그 새 한 마리 키우기 위해 청춘과 중년을 죄다 바치고 은발이 희끗한 나이가 되었어요

　백조는 때로 깜짝 놀라게 아름다운 노래로 나를 미치게도 했지만 대개는 죽지 한 번 제대로 펴는 일도 없이 죽은 듯 둥우리에 누워 살지요 그리고 이슬과 달빛과 꽃망울 같은 이 세상 먹이 아닌 먹이만을 찾습니다 나는 그 새 사육하기 너무 힘들어 몇 번인가 짐스러운 그것을 내다 버리자 버리고 자유로운 날개가 되자 결심했지만 그때마다 내 결심 봄볕에 눈 녹듯이 무너지는 것은 단지 울지 않는 백조의 노래를 기다림이 아닙니다

　어느새 백조의 날개 백조의 뼈가 내 살 구석구석 옹이처럼 박혀 단단한 집이 되고 뿌리가 되어 이 세상 끝 날까지 풀리지 않을 멍이 되어버린 때문입니다

　이제 백조는 나의 바다 나의 섬

　죽음으로 이르는 골수의 병입니다

지상의 양식(糧食) 3

─새끼 꼬기

새끼를 꼽니다
춥고 긴 겨울밤에 새끼를 꼽니다
깜박이는 지상 도보로 한 생애
눈길도 막힌 밤에 새끼를 꼽니다
열 발 스무 발 꼬아서 버릴
쓰일 데 없는 무위의 노동
이 세상 미망의 새끼를 꼽니다
그것은 살아 있는 날의 고단한 의식(儀式)
아침을 위한 약속입니다
내가 할 수 있는 일은 오직 그 하나
석 달 열흘 앓고 난 이의
허약한 백수(白手)로 새끼를 꼬는 일
살아 있음의 날 빛 푸른 칼날에
가슴 베이며
날마다 한 매디씩 죽어가는 일
죽어서 반짝이는 은발의 이마나 지켜보는 일
달이 지는 뜰이나 지켜보는 일
깜박이는 지상 도보로 한 생애
영혼을 방목한 집 없는 이가
춥고 긴 겨울밤 새끼를 꼬는
제 발목 제가 묶는 새끼를 꼬는
그것은 살아 있음의 거룩한 의식
아침을 위한 약속입니다

지상의 양식(糧食) 7

—이별과 기다림

우리는 안다
우리가 날마다 얼마나 근심하며
나이를 먹는가를
나이를 먹으면서
어떻게 자신에게 이별을 하는가를
한두 올씩 나부끼는 이마의 백발을
남몰래 뽑아내며
부르튼 영혼의 발꿈치를 절룩거리며
오랜 굴종으로 늙은 가복(家僕)처럼
이 세상 율법에 순종하면서
날마다 제 키보다 긴 유서를 쓰는 것을
시간은 길고 긴 운하를 가슴에 파며
백 년의 강물을 흘러가고
불기 없이 싸늘한 아침 식탁에
물도 없이 삼키는 굳은 빵
우리의 위장은 그렇게 이별을 씹는
날 선 이빨이 되고
익모초 쓴맛에도 길들어갔다
황혼은 저녁마다 이름 모를 음악으로
슬픔을 다독여 창가에 세우지만
기다리는 일에 끝이 있던가
마지막 이별에 보류가 있던가

살아 있는 날의 지상의 놀이, 이별과 기다림
그 잔을 약처럼 조금씩 마시며 산다

급행열차로 1

급행열차로 서둘러 달려온
서쪽 베타니아 마을에선
때마침 짧은 겨울 해가 지고 있었다
낯선 술집과 어둠이 줄지어 선 땅엔
올리브나무도 작은 나귀도 보이지 않고
무수히 지나온 간이역
내릴 수 없었던 미지의 땅에
점점이 피어 있던 해바라기 달리아
그 원색의 빛깔들만 등 뒤에 선연했다

급행열차로 서둘러 달려와도
그 마을의 일몰엔 변함이 없었다
다만 천천히 걸어온 이보다
쓸쓸한 일몰의 시간이 좀 길 뿐이었다

급행열차로 2

멀리서 바라보는 불빛은
이상하게 아름다웠다
이따금 몇 개의 별들이
남몰래 그곳에서 밀송되어 오고
가보지 못한 어린 날의 보물섬도
그 속에 있을 것 같아
깜박 사는(生) 일도 잊어버리지만
언제나 밀봉된 마지막 밀서는
내 것이 아니었다
지도에도 없는 길을
등 떠밀리며 흘러가는 밤
한 꺼풀 얇은 미농지에 싸인
세상의 저편에선 밤새 비 내리고
사십 년 떠돈 마음의 방주도
떠오를 듯 떠오를 듯 가라앉는다

급행열차로 3

생애의 무게만 한 비애들을 내려놓고
도로(徒勞)와 안식이 등을 마주 대는
잠시 유예된 잠 속에서도
차는 쉬지 않고 달려간다
목적지는 이미 떠날 때 찍힌
이마의 낙인
영혼은 처음부터 저당되어 있고
물릴 수 없는 절대절명의 길을
저마다 풀지 못할 숙제를 안고 간다
무화과나무에 비둘기를 기르던
지상의 햇살 한 줌도 담아갈 수 없는 땅을
날마다 비망(非望)의 칼날 세우며 간다
내릴 수 없는 급행열차로 간다

한강 1

친구여 보이는가
우리 잠 속에 지금도 출렁이는 유년의 강
광나루 뚝섬 미루나무 길
봉은사 가는 한낮의 나룻배
도라지꽃, 보랏빛 도라지꽃 무더기로 쏟아지던
마포 앞 강의 저녁 어스름
우리들 어린 날 기억의 계단에
무성영화처럼 돌아가고 있는
천연색 사진들 사진 속에 찍힌
진보랏빛 유년의 발자국들 보이는가
그 시절 강은 길고 보드라운 잔물결로
내 곤한 잠 속에 숨어 들어와
어린 날개 연꽃처럼 적시며
칠석날 연등놀이 인도교 밑을 흘러갔다
수만 장 깨어져 반짝이는 유리 조각에
수만 개 불을 띄워
어디론가 끝없이 흘러갔다
우리들 잠 속을 흘러갔다

한강 2

이윽고 눈뜨던 성년의 새벽
강은 다만 강으로 우리 앞에 돌아와
헐벗고 **빼앗긴** 식민지의 밤을
끊어진 다리 건너갈 길 없는
전란과 파괴의 캄캄한 시간을
피난과 이산, 절망의 이야기를
쓸쓸한 모래톱에 모래로 쌓으며
한 시대 암울한 역사를 기록해 갔다
더러는 쓰러지고 더러는 소리치며
그 강변에 굶주려 지친 젊은 허기를
강은 청동의 침묵, 침묵의 묵시로 잠잠히 깨우치며
생의 한가운데로 관통해 갔다
정수리마다 파랗게 꽂혀오던 어머니의 은장도
강은 다시 우리의 등을 밀어
어두운 바다, 세계의 밤으로
밀사(密使)처럼 떠나며 꿈꾸게 하던
희망의 푸른 강령(綱領)이었다

한강 3

친구여 오늘, 그 강가에서
그처럼 한 시대 어두운 암벽을 기어오르며
날마다 비에 젖던 생애의 아침들을
지체 없이 실어내고 실어오던 그 강가에 서서
물에 어린 그림자도 아름다운
한 그루 미루나무로 서서
잠시 이 세상 흘러가는 강물 따라
흐르는 강물이 되어보는 넉넉함을
이제는 우리에게 허락해도 될까
무성한 가지며 잎을 흔드는
아직은 드센 하늬바람, 서북풍을
오늘은 한 소절 음악으로 들어도 될까
어느 날 우리 이 강기슭에 아름다운 목숨 받아
수난과 시련의 짙푸른 미루나무 또는
백양으로 자란 서러운 내력을
이제는 자랑스레 말해도 될까
여한 없이 후세에 전해도 될까
흐르는 물은 썩지 않는다 흐르는 한강은 죽지 않는다
외쳐도 될까 우리 믿음을

입석

이십대
날이 선 발톱과 탱탱한 주먹으로
만원 열차의 입석표 한 장을
서슴없이 끊었었다

이 세상 온갖 미망(迷妄)들이 아름답게 자라는
내륙을 향해
주머니엔 무일푼 ―각본대로―
오만과 몽상이 새파란 눈으로 웃고 있었다
그때는 그저 차창에 날아드는 떠돌이 구름
목숨다히 나부끼는 벌판의 들풀
자유로운 야생의 들짐승들이
구멍 뚫린 기아(飢餓)를 흥건히 채웠었다
「날마다 축제」에 취해 있었다
아직 그 탄탄한 지정석의 안온과 무사
약속된 자의 편안한 잠을 알지 못했다
해가 지고 밤이 오는 어둠을 향해
비로소 눈뜨는 바늘 같은 아픔들을 내가 몰랐다

대구에서 서울까지
네 시간 오십 분
밀리고 부대끼는 입석표 한 장

바로 내가 끊은 내 생애의 입석표 한 장
그 길고 긴 여정의
참담한 시 한 편을 생각했다

월동

지난 겨울 수은주는
내가 사는 이 층 벽돌집을
비닐하우스처럼 출렁이게 했다
덜컹대는 바람과 얼음의 점령지에서
아침이면 개미처럼 일용할 양식을 찾아
팔분음표로 뛰어다니고
조심조심 외나무다리를 건너가지만
저녁이면 표본실의 나비가 되어
등에 화살 하나 꽂고 돌아오곤 했다
내가 아는 젊은 혈기의 일족은
필사의 월동을 생각한 끝에
산림청 허가도 나지 않는
입산 금지 구역의 도벌을 결행
소나무 참나무 떡갈나무 등
제 팔뚝 무릎 같은 생목(生木)을 찍어
한밤 내 연기 내며 태워보았지만
나는 나대로
한여름 벌판에 허리 휘도록
추리고 추린 꿈의 뼈들을
야적장 한 켠에 쌓아놓고
오며 가며 바라보던 희망의 장작들을
한 아름씩 헐어다 태워보았지만

끝내 소용없는 짓
이 거리의 집들은 모두 동결되고
아궁이 고래마다 새까맣게 미어
솔가지불 한 솔기도 들이지 않아
온 겨울 구들장이 냉골이었다
봄이 오면 무슨 수가 생기려는지

뿌리 또는 낙법(落法)

무엇이든 물어보세요

「무엇이든 물어보세요」
입시 졸업 취직 결혼 출산과 육아
태어나서 죽기까지
당신의 일생을 물어보세요
이른 아침 여덟 시 오십 분 TV 프로에선
고명하신 박사님들 목에 힘주고
무엇이든 물어보라 대기하고 계십니다

「무엇이든 고칩니다」
부러진 우산대 떨어진 구두 뒤축
전기밥솥 수도꼭지 막힌 하수구
세상살이 연장기구 무엇이든
신체발부 수지부모한
작은 눈 낮은 코, 백발과 주름
고장 난 심장도 뜯어고치고
망가진 세월 구멍 난 가슴도
하느님 손보아 수리해 주시고
세상만사 얽히고 녹슨 나사
몽땅 갈아 끼워 원상복구하는
만사형통의 시대가 도래하고 있습니다
뱀탕 개소주 사슴의 생피
새 시대 새 나라의 강장 드링크도 개발되고

현미 율무 케일 알로에 영지버섯
진시황의 불로초도
초대형 비닐하우스에서 무럭무럭 자라고 있는
보세요 이제 인간의 꿈은 미구에 품절되고 바닥이 나버릴
더는 그려볼 꽃도 없는 포만의 대지
포식의 오수(午睡)
그늘 한 뼘 없는 정오의 목마름을
자명한 대낮의 빛의 절망을
하늘을 찌를 시날의 바벨탑을

밤하늘에 별이

밤하늘에 별이 아직 뜨는지
아직도 밤하늘의 별을 누가 보는지
밤하늘의 별을 노래하던 시절이 언제였는지

이 거리의 아버지와 아들은
별이 없는 추억의 무정부 지대에서
다투어 줄타기 뜀뛰기 높이뛰기를 하고
순리대로 뛰어도 소용없는 뜀질에 발등 찍다가
별수 없이 돌아앉아
묵은 잔에 새 술이나 부어 마시며
이 시대 어둠의 깊이에 무릎 꿇는다

큰 키는 작게
작은 키는 크게
줄이고 늘이는 곡마단 놀이에
한 사발씩 초를 켜고
굳은 관절 노글노글 뼈를 삭이며
연속하는 악몽에 식은땀 흘리며
보이지 않는 곳을 향해
수없이 시간을 물어보지만
우리들의 시간을 아는 이 없고
날이 샐 기미도 보이지 않는다

긴 밤 단단한 돌 침대에 나를 다독이는 건
그 옛날 꾸다 남은 꿈 몇 조각
그나마 바다의 섬처럼 가물거리는
오늘도 밤하늘에 별이 뜨는지
그 별을 지금도 누가 보는지
그 별을 노래하던 시절이 언제였던지

다시 6월에

—월남 전사자 묘지에서

모를 일이다
여기 한 조각 돌로
돌 밑에 하얀 백골로 누운
한때는 질풍노도처럼 달리던 젊음
그들이 왜 이 땅에 태어나
한 핏줄 형제끼리 가슴 겨누고
어쩌다 남의 나라 전쟁에
목숨을 바쳤는지
그 길고 어두운 이야기를
나는 모른다
내가 아는 것은 오직
그 피값으로 살아남은
숱한 홀어미와 슬픈 아들 딸이
지난 세월 섬으로 쏟은 눈물
가난, 외로움
그리움의 뼈가 녹던
눈먼 날들을 기억할 뿐이다
다시 그 무성한 6월이 오고
묵은 상처 신록처럼 도지는데
이 땅의 불행은 갈수록 태산이고
가신 이들 흘린 피
오늘 바람 부는 벌판에

힘없이 나부끼는 들풀로 돌아와
쓸쓸히 누우심을 알 뿐이다

파리
—놀이 1

나는 고작
네 앞에서나
주먹을 휘두른다
폭군이 된다
하느님이 된다
바보가 된다
이불 쓰고 활개 치는
독불장군
외로운 놀이다
나의 놀이는
긴 여름날
파리 쫓기에
날을 지샜다

일생
—놀이 4

나의 일생은

아침과 저녁 사이

낮과 밤 어둠과 빛 사이

길고 긴 순례다

그릴 수 없는 나라

보이지 않는 산과 강을 넘어

터널을 지나

끝없는 내일, 또 내일의 내일 끝에

당도하기 위해

날마다 무거운 짐을 싼다

아침과 저녁 사이

낮과 밤 어둠과 빛 사이

넘고 넘을 짐을 싼다

짐을 싸다 어느 날 예고 없이

체포되어 간다

가방 싸기
—놀이 6

일용할 빵과 소금 한 숟갈
갈아입을 속옷과 겉옷 한 벌
상처에 바를 연고 가슴앓이 소화제
유난히 추위 타는 영혼의 털옷도
잊지 않고 짐 속에 챙겨 넣지만
늘 모자라는 가방 한구석
잊은 게 없을까 들락날락 한나절
어디다 두었을까 찾다가 또 한나절
가방 싸는 놀이에 날이 저문다
미구에 닥쳐올 마지막 시간에도
그처럼 허둥대다 끝나버릴
세상 놀이다

나의 하루

—놀이 8

나의 하루는
햇빛과 놀고
바람과 놀고
새소리와 놉니다
겨울 가지 끝 흔들리는
잎새 하나
마지막 유언처럼 아름다워
오지 않는 잠
지나간 축일들이 가물거리는
지상의 밤하늘에
잔별로 떠서
금이 간 유리창에 볼 부비고
날마다 부푼 가슴
마침내 둥근 달이 되어
살아온 골목마다
외등을 켭니다
밤새 공중에 매달려
빈 골목 지킵니다

마지막 공부 1
—놀이 9

이제 손 놓고 헤어져야 한다
여기까지는
앞서거니 뒤서거니 아름다운 이름들
사랑 또는 미움으로 꽃밭도 일궜지만
여기서부턴
누구도 함께 갈 수 없는 나라
위리안치(圍籬安置) 아득한 적소의 변방이다
혼자서 가야 하는,
편지하지 마라
전화도 사절이다
나는 여기서 오래전부터
아무도 모르는 마지막 공부에
골몰하고 있다
잊혀지고 작아지고 이윽고 부서져
사라지는 법
이 세상 마지막 공부에
땀 흘리고 있다

바늘 하나 떨어지는 소리에도
땅이 울리는
이 마을에 지금 살아 있는 건
삼복염천에 불같이 울어대는 매미뿐이다

짧은 생애 목 놓아 울고 있는
매미의 애끊는 곡성뿐이다

뒷모습
—놀이 10

떠나는 이의 뒷모습은 작고 쓸쓸하다
눈물은 금물
이별사는 되도록 짧고 간결하게
그럼에도 나의 말은 이리 길고 갈피 없다
무시로 엄습하는 북풍에 발밑이 흔들린다
쓰러지면 안 돼 옷깃을 여며 마지막 발자국에 힘을 모은다
누가 나의 뒷모습을 보아줄까
떠나는 이의 작고 쓸쓸한 뒷모습을
허물은 잊어다오
기약할 내일이 나에겐 없으니
돌아서 이별하고 가는 날의……

주일(主日)
—놀이 12

봄이 오니
하느님도 사람의 마을이 그리워서
운동장 빈 터 물웅덩이에
한 조각 하늘로 슬며시 내려와 누웠습니다
들여다보니 낯선 사람의 얼굴이 하나
그 속에서 덤덤히 나를 쳐다보고 있습니다
어디선가 많이 본 듯한 얼굴인데
생각이 나지 않는, 그저 쓸쓸한 얼굴입니다

아무도 없는 국민학교 울타리엔
개나리꽃 혼자 자지러지고
언덕 위의 성당에선
아이들의 노랫소리 간간이
폭죽처럼 터지고 있습니다

내 마음도 오늘은 공일
텅 빈 국민학교 운동장입니다

이 가을에도

—놀이 13

떠나보아야 비로소 보이는
그 창의 불빛
가을엔 언덕 위의 십자가도 크게 보이고
사랑도 홍옥처럼 가슴에 와 열린다
플라타너스 굵은 잎새들 빗발치는 길을
등불 등지고 그림자 밟으며 돌아가야지
돌아가 키 낮추고 발소리 낮추고
가장 순한 가슴 하나로 내 고향 그리운
아파트 13층 캐비닛 철문 열고
앉고 서고 엎드린 추억의 따뜻한 손
잡으러, 길 잃은 양 떼 불러 모으나
끝내 돌아오지 않는 양 한 마리
끝닿는 날까지 떠돌아야 할
지상의 형벌을 앓고 있느니
먼 벌판 어디선가 이 가을에도

인생(人生) 1

—놀이 29

인생은 나에게 많은 것을 가르쳐주었습니다
험한 산 깊은 계곡 우거진 수풀 지나는 법
별 하나 사랑하고 기다리고 끝내 이별하는 지혜를
다리를 놓아야 마을에 이르고
비를 맞아야 무지개를 보는 것도 알았습니다
가는 목 휘청이며 땅으로 낮게 낮게 질경이로 퍼져서
밟히고 다져지는 법도 배우고
무거운 마음의 진흙 더미 털어내고
모습 없이 가벼운 바람이 되는
무소유의 자유도 일러주었습니다
이제 그가 전해 줄 마지막 말은
어두운 밤길 등불 없이 산을 넘어
어느 날 예고 없이 세상 끝에 닿는 일
그 마지막 가르침을 듣기 위해 나는
날마다 하늘로 귀 열어놓고
끄슬린 창들을 닦습니다
세상의 매운 연기 아직도 자욱해
닦으면 *끄슬리고* 끄슬리면 다시 닦고
오직 그 한 가지 일에 온 날을 지샙니다
슬프지도 않은 눈물 가끔 옷깃을 적시며

인생(人生) 2
─놀이 30

산다는 것
연필로 그리는 그림이면 좋겠다
쓱쓱 지우고 다시 그리고
열 번 스무 번 지우고 그리고 다시 지우고
끝까지 갔다가 다시 돌아와
틀린 길 버리고 새 길 가보고
모든 길 한 번씩 다 가보고
가다가 막히면 되돌아오고
망치면 북북 찢어도 되는
새로 새 종이 무한으로 쌓여 있는
산다는 것 버린 만큼 끝없이 채워지는
무한정한 종이 위에 지우개 옆에 놓고
연필로 그리는 그림이면 좋겠다

낙법(落法)
―놀이 33

일찍이 낙법을 배워둘 것을
젊은 날 섣부른 혈기 하나로
오르는 일에만 골몰하느라
내려가는 길을 미처 생각하지 못하였다
어느덧 전방엔 '더는 갈 수 없음'의
붉은 표지판

석양을 등지고 돌아선 너의
한쪽 어깨 이미 어둠에 묻히고
발밑에 돌무더기 시시로 무너져내리는
아슬한 벼랑 끝에 외발로 섰다

세상에 진 빚과 죄로
몸보다 무거운 영혼의 무게
추스려 이마에 얹고
남은 한 발 허공에 건다

아득하여라
해 아래 떨어지는 모과의 향기
바람에 섞이듯 그렇게
사라지는 소멸의 착지(着地) 그
아름다운 낙하를……

불
―놀이 36

잔치는 끝났다
하객도 돌아간 지 이미 오래다
이제 남은 일은
열어젖힌 문들의 빗장을 꽂고
방마다 등불을 끄는 일이다
이럴 때 헷세는
돌아가 쉴 안식의 기쁨을 노래했지만
나는 불을 끈 저편의 어둠이 무섭다
어디든 마지막 등불 하나
켜두고 싶다

불을 꺼라 꺼야 한다
부질없이 긴 밤 떠들지 말고
돌아와 조용히 잠들어라
타이르던 옛날 어머니 말씀
그때는 그렇게
날마다 산불같이 번져가던 불
끄지 못해 온 살 태우며 목마르더니
오늘은 그 불꽃 그리워
잠을 잃는다

이 거리에 다시 겨울이 오고
—놀이 39

이 거리에 다시 겨울이 오고
나는 창마다 얇은 비닐막을 친다
적막과 바람의 문풍지를 발라
침묵의 긴 밤을 준비한다
등 돌리고 돌아서 가는 사람들
저마다 멀리 떨어진 섬이 되어
하나씩의 외딴 섬이 되어
낯선 거리 처음 온 사람처럼 하늘을 본다
찬비 추적이는 길을 서둘러
겨울 사원(寺院) 같은 침실을 열고
마지막 지상의 등불을 켠다
누가 저 시퍼렇게 날 선 겨울 빙벽을
맨손으로 오를까
한밤에 깜박이는 등불 하나 들고

돌아서 창밖의 덧문을 내리고
갈 수 없는 나라 뭍으로 가는 길의
문을 잠근다
희망도 이 계절엔 동면한다
겨울을 이기는 길
내가 뽑을 제비는 오직 그뿐

정답(正答) 1
―놀이 42

세상은 풀 수 없이 흩어진
암호의 숲이었다
나는 그 알 수 없는 숲에 갇혀
흔들리는 하나의 의문부호로 서서
몰아치는 폭풍의 위험을 고작
오십 킬로 미만의 체중으로 버티며
보이지 않는 세상 저편의 미지를 향해
손끝만 스쳐도 속절없이 울리는
악기처럼 울었다
나의 소망은 육법전서의 모범 답안으로
인생의 갖가지 검열을 통과하고 싶었지만
끊임없이 일어나는 내부의 반란으로
십계의 계명을 파계하며
미망의 골목길을 숨어 다녔다
앞뒤로 쫓아오는 추적의 포위망 속에서도
눈먼 장님으로 타오르던 산불
그 미혹이 그때는 암호의 해답이라 생각했다
이제 와서 누군가 나의 등을 치며 웃는다
'첫 번째 단추부터 잘못 끼운 실수다 잘못 푼 암호는 정답이 아니다'
라고
그러나 나는 항의한다
그 시절 내 안의 열쇠는 오직 느낌표 하나

그 여린 감성 하나로
만신창이 되어 세상을 열었다 누가 뭐래도
내가 푼 실수가 나의 정답이라고

소금과 설탕
—놀이 43

아무리 매질하고 단근질해도
내 일생 썩지 않는 소금은커녕
건건한 간수도 되지 못하는
세상의 부패를 막기는 고사하고
날마다 썩어가는 제 몸에 뿌릴
소금 한 줌 제대로 굽지 못하는
이 몸은 차라리 화려한 무당버섯
먹으면 미쳐버릴 무당버섯이거나
혀에 간(肝)에 살살 녹는 설탕이나 되었다면
단 한 방울에 혼까지 썩는 독
달콤하게 먹히고 무섭게 퍼져서
한순간에 무너지는 세상의 어둠이 되어
멸망의 나락으로 떨어져버렸으면
누군가의 가슴에 죽도록 미운
불망의 대못 몇 개 쾅쾅 박아놓고
분신자살로 재나 되어버렸으면
썩지도 못하는 영혼 영원히 끌어안고
오도 가도 못 하는 연옥의 고통
어찌 견딜까

희망(希望)에게

—놀이 46

너는 나의 집이었다
꿈꾸고 기다리고
밤에도 창문 열어놓고 별을 바라보던,
수많은 날 쉴 수 없는 길 위에서
헤매던 때도
너의 넓은 등에 기대어 따뜻했었다
늘 푸른 이마에 금빛 별 반짝이며
깃발 하나 펄럭이던, 멀어서 아름답던
먼 전방의 기수
나 무시로 지쳐 쓰러지던 날에도
네가 받쳐준 풀빛 장대 하나로
다시 일어나 걸었었다
그때 우리의 우정은 영원한 줄 알았었지
그러나 이제 나는 너를 작별해야 한다
병들어 뿌리째 흔들리는 나무
희망이 사더미로 달려오다 한들
무슨 소용 있는가
오던 길 되돌아가 다시 시작할 수 없는
이제 나는 네 손을 놓아야 한다
희망의 끝에는 무엇이 올까
너는 결코 말하지 않고
나 또한 너에게 묻지 않는다

하늘 우러러 겨울 광야에 서서
너 없는 빈 땅에 발끝을 모을 뿐

팽이 1
—놀이 47

날마다 날마다 채찍을 든다
자고 나면 풀어진 손끝에 힘을 주어
쓰러져 잠든 등신의 이마빡을 내리친다
일어나라 일어나라 일어나야 산다
매 끝에 힘이 붙고 신이 올라라
살가죽 터지고 못이 박히도록
맞아야 너는 산다
살아서 일어나 팽이가 된다
쓰러져 누운 팽이는 팽이가 아니다
타협이나 정실은 독약
사정없이 맞아야 너는 산다
맞을수록 힘이 솟고 신명이 나고
마침내 접신의 강신무(降神巫)도 되는
네 슬픈 춤을 위한
반주는 오직 채찍이다
가차 없이 내리치는 채찍뿐이다
한순간만 쉬어도 기우뚱 쓰러지는
형벌의 채찍만이 너를 살리는
눈물의 밥이다
길이다
의미이다
오늘도 팽이는 내리치는 채찍 아래 헐떡이며
쓰러질 듯 쓰러질 듯 돌아간다

팽이 2
—놀이 48

쉬고 싶다
이제 그만 채찍을 내려놓고
맨살에 못질하던
참담한 날들의 산 같은 멍에
키를 넘는 십자가 내려놓고
그만 쓸쓸한 잠에 들고 싶다
불멸의 밤들을 미친 듯이 달려온
먼 누란의 땅
반세기 길 위에서 노숙으로 지새던
채찍으로 몰아친 뭉그러진 몸뚱이에
이제 그만 약솜이나 싸매고
조용히 쉬고 싶다
한 생애 달려온 길 돌아보며 돌아보며
쓸쓸한 포기에 잠들고 싶다

섬 1
—놀이 49

물에 뜬 섬이다
창밖엔 종일 비 때때로 해일
뭍으로 가는 길 보이지 않고
손끝에 감기는 지푸라기 몇 개로
SOS 긴급 타전을 쳐보지만
허약한 송신은 닿을 데 없어
허공에 젖고 있다

고 · 립 · 무 · 원

마음

—놀이 53

일 년 삼 백 육 십 오 일
내 부 수 리 중 입 니 다 평 생
고 쳐 도 고 쳐 도 비 가 샙 니 다

뿌리

―약력(略歷) 1

평북 정주군 마산면 오봉산 기슭이라 했다 초가 구옥 키 낮은 돌담 삭은
비단처럼 좀먹은 문설주엔 녹슨 풍경 하나 잠들어 있었다 음 사월 텃밭엔
큰이모 옥비녀만큼씩 한 파꽃 대궁이 장으로 가는 시오리 신작로엔 사철
미루나무 두 줄로 시를 쓰는 하늘 남양 홍씨 민들레 풀꽃처럼 고실고실 살
았다

중원을 달리던 기마족의 후예였을까 조부는 일찍이 만주 북간도로 현
해탄으로 타고난 역마살 바람으로 풀다가 기미년 만세통에 타관의 객관
봉놋방에서 마흔 몇 해 쌓이고 쌓인 체증 만세 만세로 목 놓아 뚫고 열두
새 흰 두루마기 피감탕하여 업혀 온 그날부터 오장육부 장독 들어 누렁꽃
피다가 마흔아홉 펄펄한 두 눈에 흙을 덮었다

내 잔가지 어디쯤 어두운 핏줄로 닿아 있을 한(恨) 그로부터 약관 열아
홉의 그의 독자는 파산한 가계의 명운을 지고 곤충 같은 목숨의 혈족들을
끌고 약속도 없는 땅을 유랑했다

한 시대 백인(白刃)의 칼날을 밟고 풀잎처럼 건너다 사라져간 부조(父
祖)들의 길

저 혼자 눈뜨던

―약력(略歷) 2

북방 기마족의 피를 받은
조부의 역마살과
소싯적부터 이름난 아비의 바람기를 타고
세상에 태어났다
노다지를 꿈꾸는 금전판 어느 한 모퉁이
음 유월 여름날
그때도 아비는
구름을 잡는 객관의 봉놋방 바람이었고
조부는 풀지 못한 주먹에 혈기만 남은
장년 오십에 황천의 객이었다
쓸쓸한 유년
스무 살 꽃다운 어미의 가슴에 부황 든 한이
살갗마다 새파란 문신을 새기던
외진 세월의 외나무다리 위에
위태롭게 눈뜨던 새끼 둥우리
여린 죽지를 날마다 한 치씩 키워준 것은
할머니 풀 먹인 열두 새 무명 치마폭에 수놓던
콩쥐 팥쥐 장화 홍련 흥부 심청전
그 구성진, 노다지 색동 실꾸리
서럽고 아름다운 이 땅의 설화였다
그리고 열일곱 살
일본 침략 시대에 여고 강당에서

처음 만난 불
검정 치마 흰 저고리 흰 버선 고무신에
싸안은 불
김천애(金天愛) 목에서 활활 타던 이 땅의 불
〈봉선화〉 거센 불에 가슴 데이고
처음으로 〈빼앗긴 들〉의 암울한 일월(日月)을
혼자 배웠다
그때는 아직 아무도
새벽 종소리 울려주지 않았지만
뙤약볕에 뱀딸기 제풀에 익고
풀숲에 여치가 혼자 영글듯
그렇게 저 혼자 눈뜨며 알이 들었다
실바람에도 악기처럼 울리던
스무 살 안팎

방목시대(放牧時代)

—약력(略歷) 4

그 시절 나의 안엔
몇 개의 창들이 술렁대고 있었다
밝고 어두운 세상을 향해
저마다 불을 켜고
위험한 전신을 드러내고 있었다
어디서나 잡힐 듯 비춰내던
창 속의 환한 햇살
햇살 속에선 무르익은 딸기 밭의
새빨간 딸기들이 철없이
히죽히죽 풀섶에서 썩고 있었다
그 시절 나의 집은
온통 집이 없는 창뿐인 헛간
구멍 숭숭한 헛간이어서
부질없이 눈만 크고 목이 긴 아이는
가시나무 들찔레 덩굴에
마구 찔리고
찔려서 돌아오는 해질 녘 길은
언제나 자욱이 목이 메는 안개였다

거리엔 사방에
'통행금지' 푯말이 붙어 있었다

154

나의 사전엔

—약력(略歷) 6

기다리는 것은 오지 않았다
꿈꾸는 것은 뒷모습뿐이었다
나의 사전엔
그럼에도 기다리고 꿈꾸는 일만이
지상의 숙제, 살아가는 의미라고
사람들은 다투어 뿔뿔이 길을 떠났다
청솔가지 한 짐씩 가슴에 분지르며
온밤 식은땀 흘리며
자라지 않는 꿈 가위 눌리며
무거운 등짐 지고 넘어간 산을
가서 다시는 돌아오지 않았다
돌아올 길은 처음부터 없었다
이윽고 빈집에 백발이 되어버린
기다림 혼자
창가에 먼지 쓰고 늙어갔다
끝내 기다리는 것은 오지 않았고
꿈꾸는 것은 뒷모습뿐이었다
나의 사전엔

허물 벗기

―약력(略歷) 8

청명한 저녁 어스름 빛 속에
돌아와 서면
갑자기 나의 키는 한 자쯤 자라고
한낮에 입었던 단단한 옷들이
하나씩 벗겨진다
쳐들었던 고개 천천히 떨어지고
바라보는 모든 것에 고개 숙여지고
창살에 어리는 바람 한 소절도
내가 모르는 나보다 큰 뜻 숨어 있음을
눈에 들보 하나 끼어보지 못하던
자폐(自閉)의 길고 긴 터널이 보이고
전신으로 흔들리던 감성의 위태로운
외나무다리도 등 뒤에 보이고
무시로 가로막던 편견의 가시철망
어리석게 흔들던 엉덩이 쇠뿔도
민망하게 드러난다
부끄럽게 난발한 단언(斷言)과 구독점(句讀點)
사소한 상처에도
칼날에 베인 듯 소리치던 비명
치기 엄살 등등한 살기
교만의 뿔들이 가면처럼 떠오른다
쓸쓸한 한 생의 허물 벗기

비로소 나는 나의 추운 영혼의 골짜기를 본다
눈부시게 벗은 허무의 시린 등을 본다
벼랑에 걸린 가느다란 해 한 가닥
가슴에 동침으로 와 꽂히는
청명한 저녁 어스름 빛 속에
돌아와 서서

경의선(京義線) 보통열차

—망향사(望鄕詞) 1

경의선 보통열차 3등 객실

후미진 구석엔

남도 어디서 흘러오는 실향민인가

남부여대 초라한 행색의 조선인들

올망졸망 등에 혹들 업고 지고

괴나리봇짐에 바가지짝 꿰매 달은

여덟 새 무명 동저고리 바람의

누렇게 부황 든 남정네와 그 아낙

불 꺼진 남포등 같은 캄캄한 얼굴에 패인

가난의 길고 긴 골짜기 뛰어넘으려

만주 북간도 어디론가 간다고 하던

길 잃은 조선의 반달들

꽁보리밥 고추장에

입술이 벌겋게 부르튼 아이들은

슬픈 유산의 공복을 달래고

일인 게다 끝에 무심히 채이는

수모와 치욕의 바가지짝들은

설움에 길든 식민지의 비명을 잠잠히 삼키며

임자 없는 산야의 해골처럼 굴렀다

지금도 뇌리에 찍혀 바래지 않는

천연색 필름 몇 장

외조모

─망향사(望鄉詞) 3

아들 딸 팔 남매를 관머리에 앉혀놓고 사십 초반에 홀로 된 외조모는 기개부터 괄괄한 여장부였다 삼재팔난(三災八難) 시름 탄식 한 손으로 척척 접어 삼팔명주에 햇솜 받쳐 누빈 수건 관처럼 머리에 쓰신, 겨울 북방의 대륙적 기품은 한 치도 빠진 데 없는 전주 이씨 문중의 종부였다 쩌렁대는 목소리도 겨울 눈 속의 동치미 맛처럼 쩡쩡하던 기상, 구한말 격랑의 뒤안길을 기미년 만세통을 몸으로 누벼온 그 풍진 세상의 옹이진 세월들을 뒷산 노송나무 해묵은 풍상으로 줄줄이 이마에 새기시고 저무는 언덕길에 한 가닥 구름으로 손 흔드시더니 지금 어느 산골짜기에 백토가 되셨을까…… 내 머리에 찍힌 1944년의 마지막 여름 '달운리' 안마을의 어느 해질 녘

노랑나비와 함박눈
─망향사(望鄕詞) 4

겨울이면건너마을공회당옆빈헛간에야학당이열렸다○말만한체네들과 수염이까실한총각들이밤이면낡은공책갈피에몽당연필끼워들고모여들었 다○야학당선생은큰마을과수원집작은아들○스물한살혈기를까만세루양 복에무쇠처럼싸안은동경유학생○눈이푸른조선의아들이었다○배불떼기 다루마난로에선솔가지삭정이전설처럼타오르고○남포불에출렁이는과수 원집아들의그림자는운명처럼캄캄했다○그것은알수없는우수의바다○나 는그바다에방비없이침몰하는조각배였다○그런밤내깊은잠속모란꽃베갯 모엔때아닌노랑나비점점이날으고창밖엔밤새함박눈쌓였다○그해겨울과 수원집아들은몇번인가눈길을밟고새장거리주재소에불려갔다고하고야학 당은이내문이잠겼다○다시는과수원집아들을마을에서보지못하였다소문 도이내잠잠해졌다○이윽고나는노랑나비와함박눈을차창에그리며서울로 올라갔다열다섯살겨울이었다○ㅊㅜㅇㅇㅜㄴㄱㅕㅇㅜㄹㅇㅣㅇㅓㅆㄷㅏ

기억의 책갈피에 말린 꽃처럼

—망향사(望鄕詞) 5

　옛날신선도의신선같은백발의참봉영감님댁은손이귀했다○사십이넘은양아들이딸하나낳고세상떠나니창화는참봉영감님댁무남외동손녀금지옥엽이었다○서울보성전문학생약혼자와는서로사진만본사이○백통쌍반다지에청홍색모범단원앙금침차곡차곡쌓아놓고시집갈날만기다렸다○기다리며늘발갛게젖은눈하염없는눈매를짓곤하였다○솟을대문지나중문지나안문거쳐내당깊숙이해묵은오동나무그늘지는뒷뜰영창앞에서사시절그림처럼앉아있던창화○한겨울매화나무에얼어붙은매화꽃봉오리까실한눈보다더춥던입매○지금도내기억의책갈피에말린꽃처럼꽂혀서울고있다ㅇㅜㄹㄱㅗㅇ ㅣ ㅆㄷ ㅏ

눈 내리는 저녁
—망향사(望鄕詞) 6

눈 내리는 저녁 길엔
목화꽃 지는 냄새가 난다
할머니 옛날 목화솜 자으시던
물레 소리가 난다
한밤에 펼치시던 오색 조각보 속
사각사각 자미사 구겨지는 소리 나고
매조 송학 오동 사꾸라
유년의 조각 그림 몇 장
떨어지는 소리도 난다

어디서 그 많은 이야기를 실어오는지
어디서 그 작은 소리들을 풀어내는지

눈 내리는 저녁 길엔
눈 덮인 고향집 낮은 굴뚝담 위
굴뚝새 푸득푸득 날으는 소리 나고
한 필 삼팔명주 하얗게 삭아내린
매운 세월 넘어
어머니 젊은 날 혼자서 넘으시던
오봉산 골짜기 눈에 묻힌 길
수묵으로 풀어내는 한 오백 년
쇠락한 세한도(歲寒圖)가 있다

사십 년 걸어도 닿지 못한 나라
눈 내리는 저녁 길엔
문득 그 나라 먼 길을 다 온 것 같은
내일이나 모레면
그 집 앞에 당도할 것 같은
눈 속에 눈에 묻힌 포근한 평안
더는 상할 것 없는
백발의 평안으로 잠들 것 같다

조선의 여자

—망향사(望鄕詞) 7

음 사월 긴긴 해
복사꽃 자지러지고

골짜기 느릅나무
저 혼자 바람나는

그런 밤 장지 너머 베틀칸
하얀 미닫이엔
어머니 그림자가 산처럼 어두웠다

자다 깨고 자다 깨도
그 방의 등불은 꺼지지 않고

달그락 달그락
새벽달 사위도록
베틀 소리 높았다

삼베 치마 외진 목숨
씨를 치고 날을 꿰어
한 올 한 올 짜내는

한 필 무명 질긴 씨날로

164

시린 가슴 칭칭 감아도
못다 감을 한

조선의 여자

음 사월 복사꽃은
저 혼자 뒤뜰에
피고 졌다

실낙원의 아침

내 키는 너무 작아
—십자가 1

내 키는 너무 작아
그 무릎에도 미치지 못하고
그의 키는 너무 커서
언제나 허리 위가 구름 속이다
발돋움하며 발돋움하며
드높은 산등으로 기어오르지만
그 길엔
길로 자란 들찔레 엉겅퀴 가시덤불
반눈만 팔아도 떨어지는 낭떠러지
몇 방울의 피로 찍은
맨발 자욱들
날마다 숨이 찬
산길이다

정답(正答) 2
—십자가 2

누구도 일러주지 않았습니다
봄이면 꽃이 피고
가을엔 열매 맺고 지는 까닭을
아이들은 꿈꾸며 자라며 어른이 되고
어른들은 싸우며 살다가 죽어가는 이유를
그저 그런 거라고 몰라도 된다고
머리 쥐어박으며 인생은 나에게 말했습니다
지상엔 다시 봄이 오고
아름다운 상처마다 눈부신 꽃들의 훈장을 달고
나무들 일제히 일어서 싸우러 가는데
당신은 잠잠히 봄볕에 숨어
열흘이나 보름이면 져버릴 꽃들을
지극한 영화로 다독이시며
그렇게 살고 그렇게 가느니라
삶의 정답은 오직 그뿐
히늘의 새, 들의 풀꽃 어느 하나도
때가 오면 지체 없이 가느니라
서른셋 젊은 날에 죄 없이
십자가에 달린 사나이도 있었니라
자분자분 귓속말로 일러주십니다

당신에게 가는 길은

—십자가 5

날마다 당신에게 가는 길은
가다가 끊어지고 가다가 끊어지고
때 없이 비구름 안개 끼어
지척도 천 리처럼 아득합니다
내 마음 숨은 곳에 산 하나 가로놓여
평생 삽으로 퍼내고 호미로 긁어내도
못다 퍼낸 회한의 그루터기
죄의 잔뿌리들 질기게 감겨
티눈처럼 쿡쿡 살을 찌르는
이 길이 언제쯤 비구름 쏟아내고
말갛게 씻긴 새벽길 될까
크고 작은 자갈들 속에 끌어안고
푸르게 흐르는 무심천(無心川) 되어
당신의 집에 닿을 수 있을까

오늘도 당신에게 가는 길은
가다가 끊어지고 가다가 끊어지고
마음 홀로 길 위에서 지척입니다

새벽 미사
—십자가 12

밤새 잠들었던 혼 하나 깨우러 갑니다

밤새 더러워진 혼 하나 씻으러 갑니다

밤새 쓰러졌던 혼 하나 일으키러 갑니다

새벽별 내려와 어둠에 길 놓고

온 천지 헤매던 마음 잠시 돌아와 안식합니다

기도
—십자가 13

날마다 날마다

내가 아는 세상의 모든 말씀

다 드렸습니다

더는 드릴 말 아는 게 없어

두 손에 눈물 받아 드립니다

눈물도 마르면 잠들 수밖에

오늘도 일어나 창을 엽니다
—십자가 22

오늘도 일어나 창을 엽니다
간밤 비에 씻긴 뜰 여기저기서
겨우내 캄캄하게 잠들었던 나무들이
부스스 잠 깨어 세수하고 나와서 하늘을 봅니다
아, 겨울이 가고 봄이 오누나
가지마다 봉긋봉긋 창을 열고 내다보는
해맑은 눈망울들
대나무 숲에 숨은 바람도
솜털 보시시 일어선 예닐곱 살 어린이의
숨결처럼 맑습니다
드보르자크의 신세계 한 소절 흐르는 아침
세상은 눈부시고 마음도 비에 씻긴
초원이 되고……
벽에 걸린 십자가에 어리는 아침 햇살
오늘도 당신이 내 삶에
따스흔 햇숨 두이 안 받쳐주시니
어여쁜 꽃밭 하나 일구러 가렵니다

내가 떠나는 날은
—십자가 29

내가 지상을 마지막 떠나는 날은
꽃 피는 춘삼월 어느 아침이거나
만산홍엽으로 불타오르는
노을 속 해 지는 가을 저녁 무렵이면 좋겠다
머리맡에 사랑하는 가족들 둘러앉고
부엌에선 한 생애 손때 묻은 놋 주전자
달달달 물 끓는 소리 들리고
그레고리안 성가 한 소절 잔잔히 흐르는
향불 사이사이
슬로비디오로 돌아가는 한 생애 필름
간간이 끊어지는 흰 벽지 위
벽지 위에 걸린 예수님 고상 바라보며
스르르 문풍지에 바람 자듯 잠들면 좋겠다
마지막 순간까지 묵주알 손에 쥐고
성모송 외우다 창호지에 저녁 햇살 지워지듯
그렇게 고요히 지워지면 좋겠다
예수님이 보내신 천사의 손을 잡고
어둡고 긴 묘지의 터널을 지나
먼 산과 들을 건너 먼저 간 이들 기다리는
천국의 문으로 들어가면 좋겠다
세상의 덧없는 이름 허물처럼 벗어놓고
살아서 무거운 빚 죽음으로 청산하면

새로 떠날 영혼의 나그네길 가벼우리라
그 길 함께 동행하실 분도 계시니
낯선 길도 무섭지 않고
머지않아 떠날 천국의 아침을 준비하기 위해
오늘도 나의 지상의 삶은 분주하다

나의 예수
—십자가 35

돌아서면 까맣게 당신을 버리나니 버리고 그 문밖에서 내가 떨거나 혹은 나의 문 저편에서 당신이 떨거나 우리는 그같이 서로 하나이기 원하며 하나이지 못하는 G선상의 아리아 날마다 하나씩 늘어나는 죄목(罪目)과 날마다 한 눈금씩 자라는 십자가를 지고 오늘도 나의 빈 영혼의 병실엔 바람 부나니 버리고 못 잊는 회한과 불망(不忘)의 바람 부나니 서른세 살 청무처럼 살다 간 한 사내의 삶과 죽음의 아리아가 울리나니 나의 병실엔

풍선 놀이 1
—십자가 36

풍선을 붑니다
날마다 날마다 풍선을 붑니다
풍선을 불며 나는 놉니다
남은 햇살 타관의 뜰에
치인(痴人)의 꿈 같은 풍선을 붑니다
붉고 푸른 울음을
열 개나 스무 개쯤 터뜨리면
하루해가 무사히 지납니다
잠은 잘 자고 꿈도 꾸지 않습니다
열이면 열 백이면 백 불면 터지는
풍선이 아름다워
태어나 사라지는 목숨이 아름다워
나는 조금씩 앓으며 마릅니다
이대로 가을 들의 마른 풀이 될 것입니다
그저 그뿐입니다
모두 당신 지어주신 지상의 날입니다

풍선 놀이 2
—십자가 37

허망한 놀이에 골몰하는 딸이
한심하고 한심하신 나의 어머니
세상의 놀이 헛되고 헛됨을 말씀하십니다
돌아와 손 씻고 좌정하고
'겨울 산이라도 바라볼 일이다
겨울 강이라도 짚어볼 일이다'
지극하고 지극하신 말씀입니다
아, 그러나 나는 끝내
이 세상 뜬 놀이에 마음을 잃어
어머니 말씀 귓전으로 흘립니다
때는 늦은 가을입니다
이대로 남은 햇빛 조금만 더 쬐고
긴 여름 살에 박힌 푸른 멍 지우며
따뜻하고 따뜻한 황금빛 평안으로
가라앉을 것입니다
그저 그뿐입니다
모두 당신 지어주신 지상의 날입니다

신록
—십자가 44

황폐한 땅
갈라진 등허리 어디쯤에
이처럼 아름다운 희망이
남아 있는가
천지에 넘치는 푸르름이여
수백의 나무 뒤에
수백의 그림자로 그늘져 서 있는
유록색 유년의 글썽이는 눈매들
푸른 꿈 푸른 손이 발목을 감는
우리들 지금은 살아야 할 때
한 뼘 땅에라도 뿌리내리고
다질수록 단단한 목숨 가꾸며
수없는 날의 수없는 기도로
벌처럼 서서라도 살아야 할 때
허락된 지상 쓸쓸한 약속의 땅에
오늘은 밀물처럼 너너한 축복이 잔을 부어
신록(新綠)의 성찬 차려주시고
온 하늘 받쳐 든 푸르고 거대한
녹색의 램프를 달아주시니

실낙원의 아침
—십자가 46

아침이 와도
이 마을엔 해가 뜨지 않습니다
낮은 담 울타리 너머 옛날의,
해바라기 신화도 사라진 지 오래인
키는 작고 머리만 큰 이 마을 사람들은
고도 근시의 침침한 눈으로
세상 읽기에 핏발이 서고
한껏 굽 높은 신으로 키를 늘리며
이리저리 골목길을 헤엄쳐 나가지만
어디선가 끊임없이 떨어지는 구멍 난 누수에
가슴 등 할 것 없이 젖어 있습니다
떠나온 에덴은 까맣게 보이지 않고
아침마다 키 높이로 적재된
무거운 짐수레 하나씩 기다리는
세상의 일터로 땀 흘리러 나갑니다
일 없는 사람들은 줄 밖에 밀려나서
그나마 갈 곳 없이 서성거리는
하루는 길고 안식도 간 데 없고
가장 확실한 것은 그들 목에 걸려 있는
까닭 모를 원죄의 낡은 가죽 가방
가슴엔 순서 없는 번호표 하나
가끔 자욱하게 흐드러진 강아지풀 밭에 앉아

'오요오요' 부르던 어린 날의 목소리 그리워 눈물집니다
그 목소리 옛날에 누군가 나를 불러주던
낙원의 소리임을 이제야 틀림없이 알겠으나······

강아지풀

나는 할머니의 '새끼'이고 '강아지'였다
밤마다 잘 자라고
등을 긁어주시던 할머니의 손은
한 다발의 까실하고 보드라운 강아지풀이었다
돌아가신 할머니는
강아지풀 우거진 산으로 가시고 그로부터
자욱하게 흐드러진 강아지풀 밭에 서면
오요오요 부르던 어린 날의 할머니 목소리 들려온다
그 목소리 옛날의 나를 불러주던
낙원의 소리임을 이제 알겠지만
소리의 임자 간 곳 없고
그날의 빈자리 혼자서 돌아가는
쇠락한 일몰의 귀로에서
온몸 따가운 가시에 찔리고 있다

추억이 그처럼 아픈 가시임을
몰랐었다

해바라기

언제부터인가
서울에서 자취 없이 사라진 해바라기들이
모두 다 어디로 갔는가 궁금했더니
연변 조선족 자치주 가는 길
비암산 일송정 바라보며
쇠락한 비암촌 비포장도로에
떼를 지어 몰려와 살고 있었다
그 옛날 가난과 핍박으로 고향을 떠나
북으로 북으로 흘러온 유민들
말 타고 달리던 평강 평야 용정벌
그 선구자들의 넋을 받아
해바라기 늠름한 기상으로 이민 와 있었다
훤칠하게 큰 키 바람을 가르며
만 리 이역 낯선 땅에 튼튼히 뿌리박고
난세를 견디는 여장부의 기개로 도열하고 있었다
수만 리 먼 고향에서 찾아간 형제들을
그리운 눈매로 반겨주고 있었다
여신을 닮은 넉넉하고 당당한 풍채로
북간도의 하늘을 지키고 있었다

억새

마른 억새풀 자욱한 들판

하늘 구름 밭

고성능 미사일 폭격기로도

폭파할 수 없는

저 세계의 무한 적막

질경이

쥐어뜯기며 쥐어뜯기며
눈물 찔끔거리며
다지고 다져서 질겨진 목숨
내 이름 질경이다
질겨서 질경이다

오냐 오냐 괜찮다
내게도 꽃이 있고 열매도 있으니
어차피 사는 일이 비바람인 것을
애초에 땅에 붙어 앉아 있으니
억수장대에도 꺾일 일 없고
사나운 폭풍도 능히 견딘다

잘난 체 가는 목 곧추세우고
세상과 싸울 의사 처음부터 없으니
질기게 한세상 살아남으리라

싱아

인생이 그렇게 시고 떫은 것을
그때는 모르면서
모르면서 그 맛이 그저 싱그럽고 좋아서
너만 보면 무작정 따서 씹었다
그렇게 달려온 시고 떫은
생의 벌판에
싱아는 오늘도 푸르기만 하다
다만 그 맛을 너무 알아버린 지금
더는 너에 대한 감동이 없을 뿐이다
생각하면 입속에 신물 고여오는
회한뿐이다

메꽃

꽃에도 국적이 있을까마는
너의 모습은
귀밑머리 종종 다홍 댕기 물려 땋은
조선의 처녀다
오늘도 이 강산 들녘에 서면
내 가슴 한구석에
그리운 등불 켜고 다가오는 너
목이 메는 그리움 애써 지우며
돌아서 눈 감는 하늘가에
너는 순하디순하게 웃고 섰는
고향 막내 이모의 수줍은 얼굴이다

분홍 저고리 불룩한 앞섶 부끄러운
조선의 처녀다
고향을 지키는 순박한 넋

봉선화 1
—봉선화 피는 쉘리의 무덤

해는
앗피아 가도(街道)에
한 자만큼 남아 있었다

가을이
몰래 숨어서
먼저 와 있는
로마의 외인 묘지

쉘리의 무덤가에
연분홍빛 봉선화가
울고 있었다
낯선 이국의 시인 곁에서
반가워 나를 보고
울고 있었다

잊었던 내 고향
막내 동생의
유년의 눈매 같은
자욱한 슬픔이
나를 잡았다

해는
한 뼘만큼
묘지의 십자가에 걸려 있고
쉘리는 말없이 일어서는데

봉선화는
저 혼자
시집온 고향집
언덕을 향해
멀고 먼 눈길을
쏟고 있었다

파꽃
—파밭에서

더러는
외할머니 머리쪽 같은
파꽃 대궁이
더러는
큰이모 옥비녀만큼 한
파꽃 대궁이

갓난이 아린 꿈이
꽃술처럼 피어나던
파밭 이랑에서
긴 날을 심심하던
어머니 봄나들이

외갓집
잔칫날은
길기만 했다

자작나무

저 까마득한 가지 끝에
길 잃은 내 어린 꿈 하나
연처럼 매달려 떨고 있다
그 흰 나뭇등걸에 기대어 서면
전신의 혈관으로 와삭와삭
밀려오는 바람 소리가
그것을 알려준다
떠날 곳도 돌아올 길도
잃어버린 마음 하나
오늘도 투명한 과거의 정거장에서
오지 않는 기차를 기다리고 있다
구름에 가까운 마을에
저녁 등불 켜지는데

자작나무
내 흰 등걸에 기대어 서면
왜 지금도 와삭와삭
까닭 모를 그리운 바람 소리
피 속으로 불어오는지

목련 1

꽃인가 하고 보면
자욱한 구름이고
구름인가 다시 보면
흰 나비 떼
앞산 뒷산 흔드는
소리 없는 요령 소리 댕댕 울리며
사월의 하늘 가득 메운 상여꾼 간다
어느 지체 높은 청상과부 소복단장하고
한겨울 빈 내당 매섭게 수절하다
그 한 못다 풀어 이 봄에 미치는가
온 장안 마을 골목
하얗게 쏟아지는 낭자한 곡성

플라타너스

―겨울 플라타너스

소리 없이 몸으로 우는
겨울 플라타너스 우는 소리 들었는가
바람 부는 강변에 맨몸으로 서서
온몸 흔들며 겉으로는 헌헌장부로
두 팔 성성히 버티고 섰는
겨울 플라타너스 몸으로 우는 소리
들어보았는가
오늘 유난히 내 귀 밝아지고 눈 맑아져
황황히 영혼의 창 흔들며 들려오는
너의 울음소리
벗은 가지 속살 가릴
얇은 해 몇 조각도 바람에 찢어지는
우리가 모두 겨울 속에 서 있는
나무들이 아니던가
이윽고 제 날을 마치고 제 시간 다가오면
짧았던 만남 긴 이별로
가슴에 뜨는 별 애써 지우며 돌아가야 할
플라타너스
그 푸르른 젊은 날의 이름
저문 겨울 강에 잊혀져가는

정신사(精神史)

무대(舞臺)

—새천년에

새하얀 백지(白紙)

참 거대한 무대다

막은 열렸지만

무대는 텅 비어 있다

중앙에 판도라 상자 하나

운명의 여신 포르투나의

어두운 옷자락 막 뒤에 펄럭일 뿐

공연될 연극의 제목도

아직 예고된 바 없다

다만 한 가지 분명한 것은

저 무대에 등장할 숱한 인물 중에

나는 없다는 사실이다

내가 맡은 배역은

관람석 맨 뒷자리에

조용히 앉았다가

어느 날 연기처럼 사라지는 일이다

축원의 꽃 한 다발 익명으로 부치고

미지(未知)의 땅

그 집에선 늘
육모초 달이는 냄새가 났다

삽작문 밖 가시 울타리는
내 키를 넘고
바다는 어디만큼 열렸는지 보이지 않았다
뒷산 밤나무 숲은 사철 울창하여 침울했고
바람이 미로에 빠진 듯 헤매 다녔다

그 시절 내 가슴은 남모르는 미열에 떠 있었고
아득히 먼 영(嶺) 너머 초록의 녹지가
꿈속까지 따라와 나를 불렀지만
그리로 가는 길을 알지 못하였다
가슴 한 켠이 늘 유리에 벤 것처럼 쓰라렸다

미지의 땅은 그처럼 푸르를 것인가
나의 뒤에 오는 그 누가 또 오늘은 그날의 나처럼
저 영 너머 초록의 녹지를 꿈꾸고 있을까
갈 수 없는 나라를 그리며 앓고 있을까
이쯤 서서 바라보니
만물이 공허 속에 하얗게 드러나
세계가 무한한 허무임을 알겠는 것을

세계(世界)

종일을 걸어서
내가 나에게 돌아오는 시간은
해 지는 저녁이다
그런 시간 석양도 내 옆에 돌아와
가만히 손잡아주고
나는 잡힌 손 유순히 내맡기고
조용히 그 등에 기대어 선다
그 - 때 세계가 가까이 내게 다가와서
힘없이 고개 떨구고 눈물짓는다
우리는 서로 이마를 마주 대고
따뜻한 침묵으로 몸을 섞는다
자작나무 가지에서 새 한 마리 날아오르면
순간 세계는 무한히 큰 가슴을 열어
나를 품어주고
나는 시(詩)보다 아름다운 생(生)의 흐느낌에
가슴 저려온다

지금 이곳에 있음을
이 땅에 있음에

숭어

가슴 헐떡이며 헐떡이며
아직은 조금 살아 있다고
살아서 남은 하늘 다시 한 번 보겠다고
찢어진 지느러미 퍼덕이는
빈사의 숭어야
먼 강물 거슬러 온
네 시퍼런 아가미 피맺힌 등허리 힘껏 뒤집어
소금 한 말 쏟아 붓고
갈피갈피 절이면
피가 어는 이 슬픔 잠들게 할까
목에 걸린 낚싯바늘
그 운명의 놀이도 끝이 날까
아직은 비늘 몇 개 남아서
피 흘리며 아파하는
빈사의 숭어야

우체국 이야기

이제 우체국에 가서
원고를 부치는 노고도 필요 없어졌지만
전화나 팩스 같은 문명의 이기로
대개는 볼일을 보고 말지만
그래도 나는 가끔 옛날처럼
편지나 시를 쓰면
그것들을 들고 골목을 지나 큰길을 건너
나들이 가듯이 우체국에 간다
우체국 아가씨도 옛날처럼 상냥한 소녀는 아니어서
낯선 얼굴의 무표정한 눈총이 서먹하지만
그래도 사람의 숨결이 그리워서
필요도 없는 말을 몇 마디 주고받으며
풀칠을 하고 우표를 붙이고 우체통에 넣는다
냇물 속에 떨어지는 잔돌 같은 작은 음향
그 소리 들으면서 나는 알 수 없는 감동에 가슴 젖는다
날마다 무언가 변하여 가는 세상에서
변하지 않는 것이 남아 있다는
그 작은 감동이 나를 위로한다
오늘도 한 통의 편지를 들고
차들이 질주하는 큰길을 건너서
옛날의 내 어머니 새 옷 갈아입고 나들이 가듯이
우체국에 간다

아, 거기 기다리고 있는 살아 있는 사람의
따스한 숨결

노을 묻은 산수유 잎새 바람에 지듯

날마다 조금씩
마음이 아픈 것은
아픈 마음 감싸 안을
몸이 아직 있기 때문이다

어느 날 부서진 몸
더는 마음 감당할 수 없을 때
몸은 마음의 손을 놓고
자유로이 하늘로 떠나보내고
홀로 땅에 남아 흙으로 간다

하늘과 땅 사이 무한 공간에서
별과 꽃이 서로 그리듯
마음과 몸이 아득히 손 흔들며
이별하는 날이 미구에 오겠지만
그 날이 언제 어떻게 올지 알 수 없기에
조금씩 근심하며 기다린다

노을 묻은 산수유 잎새
바람에 지듯
그렇게 무음무색(無音無色)으로
세계의 저편으로 사라지고 싶다

가로등

그 길의 가로등엔
언제나 뿌연 안개 서리고
가랑비 내렸다
모 없이 둥근 모습
눈물 그렁한 어머니의 얼굴이었다

한세상
골목 밖에 서서 기다리시던
기다리며 온 생애 비에 젖으시던
어머니의 얼굴은 지상을 밝히시는
가로등이었다

오늘은 내가
그날의 어머니 나를 기다리듯
떠도는 아이들의 길 위에서
밤새 뜬눈으로 서서 기다리는
기다리며 비에 젖는 가로등이 된다
긴 밤 그리움을 앓는
등불이 된다

육필 원고

남들은 모두
컴퓨터를 두드리고
워드를 친다
그 어느 것도 배우지 못한
아니 배울 생각이 없는 나는
아직도 이백 자 원고지 한 칸 한 칸을
개미가 기어가듯 걸어간다
오십 년 변함없이
옛날엔 만년필 튜브에 잉크를 채우고
지금은 부드러운 수성 볼펜으로
가끔은 철필에 잉크 찍어 쓰던 향수에 젖으며
손끝에 힘을 주어 한 자 한 자
마음의 실을 뽑아 수직(手織)으로 짜나간다
삐뚤빼뚤 이어지는 한 필의 무명
땀이 밴 손끝에 체온을 담아
봉투에 넣고 우표를 붙여
우체통에 넣으면
어디선가 툭 하고 살아 있는 물체 떨어지는 소리
이른 봄 추녀 끝에 낙숫물 지는 소리
저 한 조각 살은 FAX를 빠져나간 껍질이 아니다
배달부 아저씨의 살아 있는 손으로 전달되는
체온과 숨결의 따뜻한 접속

그 어떤 기계로도 할 수 없는 일이 있다
봄들에 민들레를 피워내는 것은
변함없는 대지(大地)의 숨은 체온이다

겨울 운문사(雲門寺)

겨울 운문사에 갔더니

단청도 화려한 대웅전 새 법당에

부처님은 아니 계시고

법당 앞뜰에 사백 년쯤 묵은 소나무 한 그루

네 활개 쫙 펴고

엎드려 허덕허덕 백팔번뇌 견디느라

늘어진 가지마다 깁스하고 그 옆에

아직 어린 목련나무 한 그루

뽀얗게 물올라

가지마다 봉실봉실 꽃망울 빚어놓고

금시라도 터질 듯 기다리고 있었다

문득 소나무 목련나무 가지 사이로

금빛 햇살 온몸에 치덕치덕 바른

부처님이 숨어서 한쪽 눈 찡긋 감고 웃고 계셨다

"주지승이 찾거든 모른다고 해, 해, 해, 해"

장난스레 웃으며 청솔가지 툭 치니

햇살이 와르르 쏟아졌다

탄생
—목숨 혹은 원죄 1

어머니 왜 나를 낳으셨는지
묻지 않으리라
나라도 부모도 가문도
제 얼굴, 머리털 하나도 선택할 수 없는
내 의지 밖의 탄생
그저 주어진 별 아래
쇠비름 씨 한 톨 날아와
박토에 뿌리박고
한 시절 그렁저렁 잎이며 꽃 피우고
열매 맺는 시늉하다 사라지듯이
까닭 모를 인연의
내 어머니 탯줄 끊고 태어나
서러워 울던 고고의 첫울음
축복이라고……?
그러나 누가 알았으리
그 작은 핏덩이에
그리도 크고 무거운
운명의 멍에 지워져 있음을
죽기까지 지고 갈 고락과 영욕
태어남이 그대로 원죄인 것을
이제 알겠다

고독

—목숨 혹은 원죄 2

차고 투명한 것이
눈발처럼 가볍고 잡히지 않는 것이
내 안에 들어와 살며시 가슴 하나
안개로 피어나고
겹겹의 어둠으로 나를 에워싼다
춥고 쓸쓸한 지하의 밀실로 끌어들이고
황량한 광야에 홀로 서 있게 한다
포수에 잡힌 사슴처럼 유순히
가는 모가지 늘어뜨리고
보이지 않는 올가미에 몸을 맡긴다
서서히 깊은 나락으로 가라앉는다
바닥 모를 수렁
가끔 예수라는 사나이의
캄캄한 뒷모습을 엿보기도 하지만

눈물 나게 안타까운 것은
그 무색 투명한 거대한 그물이
왜 까닭 없이 나를 포획하고
끝내 놓지 않는지
알 수 없는 일이다

그리움 1
―목숨 혹은 원죄 3

온 천지 복사꽃 분분히 흩날리고
나의 안에선 종일 이슬비 내렸다
거리는 언제나 하얗게 표백되어
깃발처럼 나부끼고
여자들이 마른 나뭇가지처럼
걸어다녔다
모두 푸른 안경들을 쓰고 있었다
누군가 나에게 날마다
한 사발의 휘발유를 마시게 하여
나는 손끝만 스쳐도 발화하는 불꽃이 되고
목숨의 심지 늘 불붙고 있었다
울컥울컥 쏟아지는
진보랏빛 각혈 주체할 수 없어
거리거리 바겐세일로 대매출하며
인생이 그저 아득하고 아득하여
멀어만 보였다
복사꽃 쉴 새 없이 지고 있었다

탯줄에 감고 나온 이름도 모르던 병

청춘 또는 사랑
―목숨 혹은 원죄 5

어디서부터 흘러오는 향기였을까
짐작도 할 수 없는 운명으로 이끌어가던
장미 화원의 열쇠 하나

문은 열려 있었고 성(城)엔 만발한 꽃밭
그 황홀한……
어질어질 혼 속까지 불길 번져오던
찬란한 첫 개화의 계절
나를 열어준 목숨의 열쇠 하나
그때는 날마다 금빛으로 빛나고 있었다

몽롱한 취기에 반쯤 눈 감고 헤매 다니던
만발한 성의 장미 화원에 그러나
사나운 가시들 사정없이 살을 찔렀다
내 몸의 열쇠엔 언제나 붉은 선혈 묻어 있었고
그 피 흐르는 아픔을
사랑의 기쁨 청춘의 훈장이라 믿고 있었다
날마다 흥건한 피 속에 가슴 앓았다
탄흔 같은 불망의 묘비 하나 가슴에 새기며

그것들은 모두 알 수 없이 흘러와
형체 없이 사라져간 향기였다

슬픔 2
—목숨 혹은 원죄 6

근원도 모르는 슬픔의 냇물이

흐르고 흘러와서

마음 가득

강물을 이룬다

나는 방비 없이 출렁이는 부서진 목선(木船)

종일 노를 잃고 떠돌아다닌다

가슴으로 배로 그득히 고여 있는

모습 없는 물안개, 자욱한 안개 같은

비애의 강물을 일용할 양식처럼 섬으로 마시지만

이상하게 그것은

먹으면 먹을수록 허기가 지고

영혼까지 비어서 뼛속까지 쓰리다

세상에 진 빚은 태어난 죄 하나

살아 있음의 까닭도 모르고 기억도 없는

목숨의 빚에 눈이 먼다

누가 나를 이 슬픔의 강물에서

건져줄 수 없을까

둘러보아도 모두가 다 저마다 멀리

떨어져 있는 바다의 섬

아무리 소리쳐도

내 목소리 그 섬에 닿을 수 없어

허공을 맴돌다 돌아온다

고개 넘기
—목숨 혹은 원죄 8

가쁜 숨 몰아 쉬며
고개를 넘는다
한 고개 넘으면 또 한 고개
그 고개 넘으면 또 다른 고개
넘고 넘다 보면
푸른 초원 나서리라
물구지* 산나리꽃 반기며 안겨오고
무거운 등짐 벗어놓고
흐르는 땀 식힐
시원한 나무 그늘 있으리라
타는 목 적셔줄 실로암의 샘물도,
믿으며 희망하며
무수한 고개를 넘어왔다
한 생애 탕진한 고개 넘기
아직도 넘고 있는 고개 위에서
돌아보니 등 뒤에 넘어온 아슬한 고개들이
바로 나의 삶의 실체였음을
살아 있음으로 갚아야 할 빚
목숨의 부채인 것을
어느 날 이 고개 끝이 나면

---

* 약초 이름.

더는 넘을 고개도 없는 무한 하늘
영원이리라

일상(日常) 1
—목숨 혹은 원죄 9

노선버스다

정해진 길을 떠났다 돌아오고
돌아왔다 다시 떠나는
개미 쳇바퀴 도는
시지포스의 신화
어쩌다 가는 길에
꽃 한 송이 피는 날 꿈꾸면서

끊임없이 모반과 탈출을 기도하지만
핸들을 놓고 궤도를 이탈할 패기가 없다
약속된 노선의 안일에 길들어
생각이나 희망 가슴에 접어두고
달리는 일에만 골몰한다
골몰하며 굴러 간다
굴러 가다 어느 날 브레이크 파열하고
나뒹구는 차체

무게도 없는 천근의 마음이
와르르 무너져 산산이 깨지는
만신창이다
만신창이로 다시 일어선다

날마다 관객도 없는
비극의 반복이다
태어난 자의 멍에다

적막
— 목숨 혹은 원죄 11

나는 오늘
그의 정체를 처음 보았다
발밑에 떨어진 가랑잎 한 장이
바르르 떨다가 끝내 조용히 숨을 거두자
갑자기 자취 없이 떠돌던 적막의 조각들이
앞산만 한 무게로 쏟아져내리는 것을
그리고 바람이 겨울 새 떼처럼 스산한 몸짓으로
큰길을 건너가는 것을

이윽고 차가운 비가 몇 줄기 후득이고
마른 가랑잎 냄새가 분향처럼 한 솔기 피어오르고
마침내 그 작은 집 일각문 안에서
누군가 쿵 하고 쓰러지는 소리 들리더니
세상이 생매장당한 듯 조용해졌다

나는 까맣게 눈뜨고
처음부터 끝까지 그 모든 일을
지켜보았다

벌판 끝에 서서
—놀이 66

벌판 끝에 서서
돌아보는 들은 한 장의 수묵화다
안개 속에 잠긴 골짜기
산과 들, 다리 끊어진 강도 보인다
한 생애 그것들을 넘고 건너며
흘린 땀방울도 등에 서늘한……

태어난 일에 얼마나 값했을까
세상의 큰 별들 사이에
이름 없는 작은 돌 하나 끼워 넣느라
지척이며 달려온 반세기의 길
해 지는 땅 끝에 서서 돌아보니 아득하다
사세(辭世)의 남길 말도 없는
저 미완의 수묵화 한 끝에 눈발처럼
휘날려 사라질 작은 티끌 하나

정신사(精神史)
—놀이 67

그처럼 오랫동안 먼 길을 걸어왔다
칭얼대며 따라오는 어린아이 같은
혼 하나 데리고
생활의 호소(湖沼) 지대
가시 엉겅퀴 뒤엉킨 잡초지를 돌아
불에 달군 자갈밭을 콩알처럼 튀며
많은 날을 비에 젖어 낯선 집 추녀 밑에 밤을 새웠다
불 밝은 창의 따스한 평안을 열망했지만
어디서나 그는 '단 한 사람의 타향 사람이었다'

언제나 황혼의 향수 구토처럼 치미는
타관의 거리에서
돌아가 불 밝힐 안식의 창 하나 찾지 못하는
영원히 방황하는 '화란인'
들리는 것은 아득히 먼 곳에서 부르는
환청의 쓸쓸한 메아리뿐이었다

눈 감으면
붉은 볼, 초롱한 눈 꿈으로 채색한
낙원의 어린 시절 가물거리고
가야 할 길은 안개 속이다

끝없이 어디선가 나뭇잎 지는 소리
들리는 밤

마지막 공부 2
—놀이 68

무거운 몸 함께 갈 수 없어
자리에 눕혀놓고
마음 홀로 문을 나서면
동서남북 캄캄한 밤
길도 없는 하늘에 별 하나 뜰까

어린 왕자 사는 별은
어디쯤일까
몸을 떠난 혼은 그때
어떤 마음으로 어느 산 굽이돌며
지척일까

한 생애 무거운 살 벗어놓고
고통의 뼈도 내려놓고
가볍게 가볍게 깃털 하나로
약속된 시간 지체 없이 돌아가는
귀향의 길

마침내 알리라
나를 세상에 보내신 분의 뜻을
그리고 눈뜨고 귀 열리리라
삶은 끝없이 꾸는 꿈이고

죽음은 비로소 깨어나는 현실임을

그날을 위해 날마다
은사시나무 가지 끝에 부는 바람
가슴으로 새기며
남모르는 마지막 공부에
밤이 깊다

귀로(歸路) 3

—놀이 75

떠나는 아침은 왜
순은으로 빛나는 안개였을까
안개 속에 그렁그렁 울리던 기적 소리는
또 무슨 환호였을까
세계가 잘 익은 과육(果肉)의 씨앗처럼
나를 품어주던 시절
세상은 밤에도 지지 않는 태양으로 붉게 충혈하고
길은 끝나지 않는 사막처럼 아득했다
그리고 어느 날 문득 깨어보니
달리는 기차 어두운 객창에 찬비 뿌리는
겨울 한복판에 당도하고 있었다

지나온 숲은 앙상한 배경으로 멀어져가고
이제 나의 여행은 끝나간다
떠나온 아침 대문에 걸어둔
녹슨 열쇠 하나 기억하고 있을
그 유년의 집
사금파리, 돌조각, 들꽃, 풀잎들
한 세기 꿈속에 잠들어 있을
그 집에 지금 누가 있을까
어머니 그 옛날 저녁이면
창가에 등불 밝히고 기다리시던

어쩌면 지금도 그날처럼 기다리고 계실
따뜻한 집이 있어
먼 여정(旅程) 노상에서도 평안히 꿈꾸며
돌아갈 길을 근심하지 않았다
그 골목길 등불 들고 기다리고 계실
어머니 있어
지상의 여행은 행복했다

창밖에 새벽 다시 오고

귀로(歸路) 5
—놀이 77

날마다 가는 길을
나는 왜 번번이 잃어버리는가
잃어버리고 갈 바 없이 하늘만 쳐다보는가
하늘엔 동서남북 헤아릴 방위도 없고
그 많던 잔별도 흐린 눈엔 보이지 않는다
그저 아득한 허공
날 저물고 바람 이는데
어디쯤일까 내가 서 있는 곳은
서(西)로 가는 길이 맞기는 한가
옛날엔 이럴 때 말없이 손잡아주던
사람 있어
반쯤 눈 감고 콧노래 흥얼대며 따라갔더니
이제 눈 씻고 둘러보아도
길 물어볼 사람 하나 세상에 없다
등 뒤로 키보다 큰 어둠 성큼성큼 다가오는데
혼자 가는 길이 이처럼 막막함을
미처 몰랐다

백지(白紙)

—놀이 85

이백 자 원고용지
그 하얀 백지 앞에 앉으면
캄캄하게 저무는 일몰이 된다
백지처럼 창백한 백치가 된다
네모진 한 칸 한 칸에
거대한 사막이 들어와 앉고
세상에서 처음 배운 말부터
가장 늦게 안 말까지 씻은 듯 까맣게 잊어버린다
생각이란 생각들이
모래밭에 물 빠지듯 빠져나가고
입시울 달라붙은 무당이 된다
가을 벌판에 고사(枯死)한 풀잎
텅텅 속 빈 수수깡이 되고
깨박쳐 엎어버린 물 항아리가 된다
한 칸 한 칸 막막한 모래밭을 파며
무헌 무작정 무엇인가 기다리며 목이 탄다
어쩌면 별 하나 사막에 떠오르기를
어쩌면 물 한 모금 어디선가 솟아나기를
솟아나 마른 혼 조금씩 적셔주기를
까맣게 기다리며 숯덩이가 된다
피와 살 울컥울컥 쏟아버리고 마침내
백지 위에 하얗게 널브러진 백지가 된다

인생(人生) 3
—놀이 86

그 길은 처음부터 일방통행이다
행선지는 하나
'내일'이란 붉은색 화살표 따라가다
절대로 돌아설 수 없는
일차선 고속도로
앞으로만 가다가 끝이 나는
막다른 암홀이다

지나온 길은 대형 스크린의
자막처럼 지워져 보이지 않고
그 길에 청홍색 빛나는 별들을
새벽 풀밭에 이슬만큼 뿌리고 왔다 해도
다시 돌아가 찾아볼 수 없는
골 깊은 강물만 가슴에 패는
아득한 시간이다

돌아보지 마라 돌아보지 마라
마을 앞 샘물가에 무심히 걸어놓은
그 작은 두레박 푸른 그물들
인생은 동화가 아닌 것을 그때는 몰랐었다
그렇게 날마다 무거운 짐 지고 떠나야 하는
떠나서 가다가 어느 날 나락으로 떨어져야 하는
절대절명의 일방통행임을

무능(無能)
─놀이 91

세상의 푸르고 빛나는 별들은
날마다 디오게네스의 등불을 높이 들고
시대와 어둠을 해부하는데
정치 경제 문화를 준열히 비판하고
맬서스 인구론 환경오염론
생명공학 종말론 녹색혁명론
종횡으로 인류의 미래를 논하는데
여기 할일없이 뒹구는 모퉁잇돌 하나
시인이란 과분한 관 하나 빌어 쓰고
별들이 눈 밝히고 지키는 밤을
손톱 밑의 가시나 후벼 파다가
새벽 두 시나 세 시쯤 깨어, 고작 나처럼
잠 못 드는 귀뚜라미 한 마리와 숨바꼭질이나 하며
그놈의 다리가 왜 그리 긴지
어디를 어떻게 울려대어 밤새 귀뚤귀뚤 울어대는지
톡톡 뛰는 놈을 이리저리 뒤쫓으며
들여다보아도 알 수 없어
알아도 소용없는 일에 싱거워지고
그러다 그만 일도 맥없이 지쳐버리는
몸과 마음 모두 절반쯤 부서져버린
허약과 무능
미안합니다 인류의 미래 나는 모르니

이제 내가 세상에서 할 수 있는 일은
고작 부질없는 일이나 뒤척이다가
쓰러지듯 누워서 잠드는 일
내일 세상의 종말이 온다 해도 오늘
한 그루 사과나무를 심으리란 그 장한 의지 없습니다
영혼의 빙하기
눈 감으면 황량한 겨울 벌판
떨어질 듯 떨어질 듯 낮게 스쳐가는
빈사의 새 한 마리 가물거릴 뿐

마음 4
—놀이 96

마음이란 것
서랍 속에 넣어둔 꽃씨 주머니 같으면 좋겠다
봄 여름 가을 튼실하게 영글어
소리 없이 긴 겨울잠 들었다가
봄이 오는 뜰 여기저기 깨어나 기지개 펴고
타고난 이름대로 꽃 피고 열매 맺는
순하디순한 삶
죽기 위해 사는 일에 일심으로 열중하고
씨 하나에 생애를 담아놓고 사라지는 순명
마음이란 것 꽃씨처럼 둥글게 길들여
모 없이 착하게 작아질 수 없을까

풀벌레 소리

—놀이 99

나는 유행가를 좋아한다
유행가의 '근사한' 가사를 좋아한다
"이른 아침에 잠에서 깨어
너를 바라볼 수 있다면" 하고 부르는
김종환의 〈사랑을 위하여〉를 좋아하고
"너 없이 백년을 사느니
너와 함께 하루를 살겠노라"고 쥐어짜는
〈존재의 이유〉에 감탄한다
내가 쓴 한 편의 시가 유행가 가사만도
못하게 느껴지는 날
쓰던 원고 찢어버리고
거리를 헤매다 공원으로 간다
공원의 작은 숲에선
쏟아지는 여름 풀벌레 소리 낭자하다
아무리 들어도 결코 음악이 될 수 없는
노래가 될 수 없는
다만 제멋에 겨워 소리소리 지르는
풀벌레 소리가 눈치 보지 마라 주눅 들지 마라
그저 살아라 살아라 악을 쓰며 울어댄다
악을 쓰며 울어대는 풀벌레 소리가
저토록 아름다운데
결코 음악이 될 수 없는 미물의 소리가

저리도 아름다운데
내 마음 위로받고 돌아온다

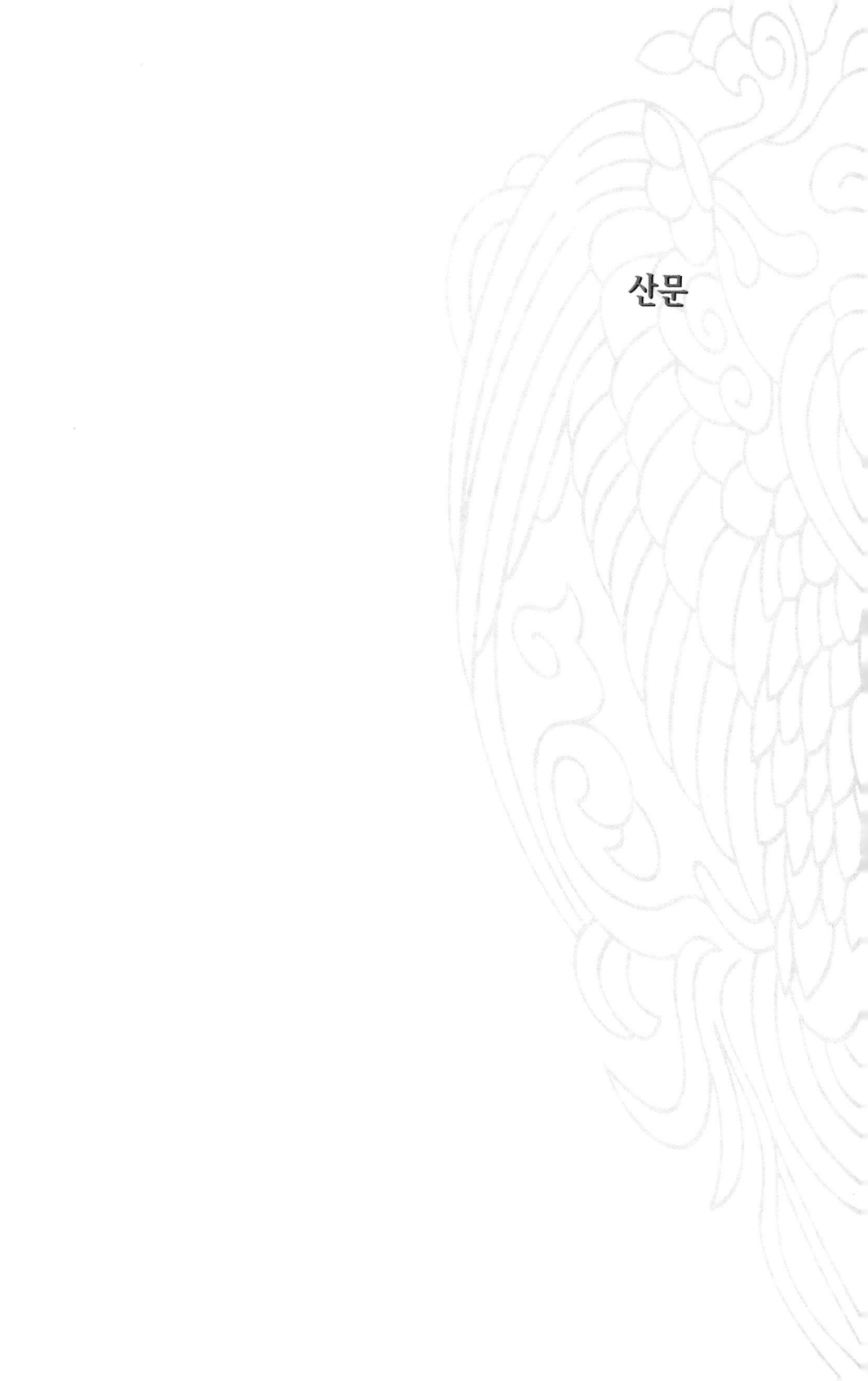

산문

나의 삶 나의 문학

　나는 평생 얄팍한 감성 하나로 살아왔고 그 감성에 의지하여 몇 줄의 시를 쓰고 시를 쓴다는 별것 아닌 일에 골몰하여 세상의 많은 다른 부분을 외면하면서 어느덧 이마에 반백을 이는 나이에 이르렀다. 새삼 후회할 일도 없으나 그렇다고 내가 이 길을 걸어온 데 대하여 남달리 특별한 의미나 애환이 있었다고도 생각하지 않는다. 다만 사람에게는 누구나 자기 삶의 의지가 있고 그 의지대로 살아가기 마련이며, 문학도 다른 사람들의 다른 직업처럼 다만 살아가기 위한 의지의 표현이었을 뿐이다.

　사람이 산을 오르다가 어느 순간 문득 뒤를 돌아보며 혹시나 내가 길을 잘못 택한 것이 아닌가 하는 불안을 느끼기도 하고 어쩌면 이 길이 아닌 좀더 나은 지름길, 편안한 길이 있는 것을 놓친 것이 아닌가 하는 회의에 빠질 때가 있듯이 나도 이 길을 걸으면서 적잖이 그런 유의 방황에 빠지기도 했었다.

　그러나 그런 부질없는 뒤늦은 뉘우침으로 자신을 괴롭히는 일이란 오히려 삶에 조금도 도움이 되지 못한다는 것을 알기에 오기로라도 약한 생각 먹지 않으려고 스스로 채찍질하며 살아왔다.

우리 말에 '부실부실'이라는 말이 있다. 상당히 한국적 어감을 지닌 의태어라고 생각하는데, 만일 누가 나의 문학의 양상이나 작업의 정황을 한마디로 설명하라고 한다면, 나는 그 '부실부실'이라는 말로 자신의 문학적 삶을 비유할 수 있으리라 생각한다. 다시 말해 그 말이 나의 삶과 문학의 상태를 매우 적절하게 나타내주는 말이라는 생각이 드는 것이다.

생각하면 나의 삶도 문학도 골방 구석에 숨어서 혼자 아무도 모르게 남들처럼 화려하지도 빛나지도 못하면서 그렇다고 도중에 중단한다는 것도 생각하지 못하면서 그저 부실거리며 평생을 살아왔던 것이다. 흡사 골목 안 구멍가게 좌판 같은 정황이라고나 할까. 항상 몇 권의 책과 우편물과 원고지로 어질러져 있는 서재이자 침실이자 객실인 방 하나에서 엉거주춤 분명하게 앉지도 서지도 못하는 심정으로 부실거리며 살아온 것이다.

산다는 것은 결국 하루하루 의미 만들기라고 생각한다. 말하자면 자신의 삶의 가치와 보람을 만들어가는 일이다. 만일 살아가는 데 아무런 의미도 갖지 못한다면 그것은 죽음과 다름없는 불행일 것이며 내가 시를 써온 것도 따지고 보면 자기 나름의 생의 의미 만들기였을 뿐 그 이상도 이하도 아니다. 한마디로 시는 내 삶의 의미인 것이다.

소박하게 말해서 인간이 추구하는 것은 무엇인가. 아름답고 행복하고 참되고 선한 것이라고 쉽게 말하지만, 우리의 현실은 그렇게 우리가 원하는 것처럼 아름답고 행복하고 참되고 선한 것보다는 오히려 슬프고 추하고 고통스러운 일이 더 많다. 다시 말해 우리의 삶은 시적(詩的)인 것보다는 비시적(非詩的)인 것 속에 있기 때문에, 시와 시 아닌 것 사이에서 우리를 시로 달려가게 하는 것은 바로 비시적인 것들, 즉 추하고 슬프고 고통스러운 현실의 갖가지 결핍들이다. 만일 나의 삶이 항상 기쁘고 행복하고 충만되어 있다면, 다시 말해 시적으로 가득 차 있다면 나는 결코 시를 쓰지 않았을 것이다. 배부른 사람이 더 이상 먹을 것을 원치 않듯이 행복하고 충만된 삶을 누릴 수 있다면 구태여 시를 쓰는 고통을 겪어야 할 까닭이 없기 때문이다. 결국 내가 시를 쓰는 것은 그 숱한 현실의 비시적 불행의식, 결핍감, 고독과 같은 고통들을 극복하기 위해서였으며, 그렇게 시를 쓰는 작업을 통해 무의미하고 허망한 삶에 의미를 부여하고자 한 것이다.

원래 인간은 환경의 동물이라고 한다. 즉 환경에 의해 영향받고 지배되며 순응해 가는 것이다. 인간의 개체적 정신이 아무리 절대적이라 해도 그 시대 그 사회가 갖는 조건이나 상황을 떠나서는 존재할 수 없는 것이다. 그런 의미에서 내 생애에도 그같이 영향을 미친 몇몇 외적·시대적 불행한 사건들을 들 수가 있다. 그 첫 번째가 전쟁이다. 십대의 사춘기 어린 나이에 이른바 대동아전쟁이라는 일본 군국주의에 의한 2차 대전의 참담한 전란을 겪었던 일이다. 그것은 최초로 내 생애 중 가장 여린 감성을 관통해 간 공포와 궁핍과 혼란의 무서운 고통이었다. 말과 이름을 빼앗기고 조석으로 먹던 밥그릇과 수저마저 빼앗기던 수탈과 공포의 날들, 쌀 몇 됫박 생선 한 토막을 배급받기 위해 새벽부터 줄서서 기다려야 했던 참담한 기억들이 아직도 내 생애의 어느 한 부분에 지워지지 않는 그늘로 남아 있다. 전쟁은 그뿐이 아니었다. 광복된 조국에서 또다시 두 번째의 전란 6·25(한국전쟁)를 치르게 된다. 상상을 초월하는 동족상쟁의 참담한 전란은 또 한 번 이십대의 젊은 감성을 여지없이 유린하고 지나갔다.

두 번째로 내 생애에 커다란 그늘을 던진 것은 남북 분단과 실향의 상심이었다. 반세기를 넘게 서울에서 살아왔건만 내게는 서울이 내 고장이라는 고향 의식이 전연 없으며 그저 잠시 머물다 가는 객지라는 생각뿐이다. 연작시 〈타관(他關)의 햇살〉의 주제도 그러한 객지, 영주할 수 없는 객지에서의 실향의 상심이 일 회뿐인 지상의 삶의 문제와 복합적으로 구성된 시이지만, 그 분단과 실향의 불행이 내게는 보이지 않게 평생을 지배해 온 결핍감으로 나타나 있는 것이다.

세 번째 사건은 1970년대 이후에 나타난 갑작스러운 물질의 홍수, 기형적인 물량주의가 나의 기존의 가치관과 질서를 파괴하고 혼란에 빠뜨린 것이다. 떨어진 운동화의 뒷축을 깁고 또 기워 신던 극도의 궁핍과 절약이 갑작스럽게 들이닥친 물질의 범람으로 인하여 이성을 상실한 물욕, 충동적인 구매 욕구, 필요도 없는 것까지 사재어두기, 그러다 입지도 않고 쓰지도 않은 옷이며 그릇들이 어느 사이 유행과 신형에 밀려나 버릴 수밖에 없는 미묘한 갈등이 일상적 삶을 수시로 혼란에 빠지게 하던 것이다. 이른바 절약이 미덕이던 것이 소비가 미덕으로 뒤집히는 가치의 전도와 변질 앞에 나는 적잖이 감성의 실조와 불안정을 꽤 오래 겪어야 했다.

요컨대 철들어 이제까지 생애를 통해 단 한 번도 안정할 수 없었던 국내외 정세며 쉴 새 없는 정치적 돌풍들이 어쩔 수 없이 불행한 체험을 강요하면서 내 생애에 뿌리 깊이 잠복해서 의식의 많은 부분을 지배해 오고 있는 것이다.

이러한 외적 환경의 제 문제와 개인적인 불행, 아울러 인간 본래의 내적·정신적 여러 미망과 고뇌들이 겹쳐 나의 생존을 끊임없이 어둡게 하고 불행하게 하는 요소가 되었으며, 그 현실의 불행의식이 바로 나를 시라는 하나의 이상세계(理想世界)로 달려가게 한 구체적 동기가 되었던 것이다.

사사로운 이야기가 되지만 나는 친가 쪽으로나 외가 쪽으로나 불행하게도 조부(祖父)에 대한 기억이 전연 없다. 친조부는 내가 태어나기 전에 그리고 외조부는 내가 아직 어렸을 때 타계하셨기 때문이다. 전해 들은 이야기로는 나의 친조부는 기골이 장대하신, 그래서 내 상상으론 어쩌면 북방 기마족의 후예처럼 씩씩한 남정네였으리라는 생각을 해보지만, 이분이 독자나 다름이 없는데도 천성으로 역마살을 타고나셨던지 평생을 농사엔 별로 뜻이 없이 만주·북간도·일본 등지를 바람처럼 드나드셨으며, 기미년 만세통엔 때마침 장터에 나갔다가 동네 장정들과 함께 겁도 없이 만세를 부르고 주재소에 끌려가 피투성이가 되게 두들겨 맞고, 그 길로 장독이 들어 여러 해를 시름시름 앓다가 그대로 세상을 떠났다는 이야기였다.

평북 정주군 마산면 오봉산 기슭이라 했다 초가 구옥 키 낮은 돌담 삭은 비단처럼 좀먹은 문설주엔 녹슨 풍경 하나 잠들어 있었다 음 사월 텃밭엔 큰이모 옥비녀만큼씩 한 파꽃 대궁이 장으로 가는 시오리 신작로엔 사철 미루나무 두 줄로 시를 쓰는 하늘 남양 홍씨 민들레 풀꽃처럼 고실고실 살았다

중원을 달리던 기마족의 후예였을까 조부는 일찍이 만주 북간도로 현해탄으로 타고난 역마살 바람으로 풀다가 기미년 만세통에 타관의 객관 봉놋방에서 마흔 몇 해 쌓이고 쌓인 체증 만세 만세로 목 놓아 뚫고 열두 새 흰 무명 두루마기 피감탕하여 업혀 온 그날부터 오장육부 장독 들어 누렁꽃 피다가 마흔아홉 펄펄한 두 눈에 흙을 덮었다

내 잔가지 어디쯤 어두운 핏줄로 닿아 있을 한(恨) 그로부터 약관 열아홉의 그의 독자는 파산한 가계의 명운을 지고 곤충 같은 목숨의 혈족들을 끌고 약속도 없는 땅을 유랑했다

한 시대 백인(白刃)의 칼날을 밟고 풀잎처럼 건너다 사라져간 부조(父祖)들의 길

—〈뿌리—약력(略歷) 1〉전문

이 시를 놓고 어떤 이는 '개체적 삶과 민족사적 삶이 연관을 맺는 역사의식의 산물'이라고 평하기도 하지만, 나는 이 시를 쓰면서 자신의 뿌리

를 통해서 민족의 실상을 증언해 보겠다든가 역사의식을 구현하겠다든가 하는 의도는 전연 없었다. 다만 내가 지나온 한 시대의 끝을 찾아가다가 보면 어쩔 수 없이 닿게 되는 뿌리, 그 뿌리가 우리의 숙명적인 혈맥으로 이어지는 것이다. 물론 그것은 나 개인뿐 아니라 우리들의 부조들, 즉 우리 겨레가 걸어온 비슷한 수난의 길이었음은 말할 것도 없다.

나는 지금도 무지하고 소견 없던 십대의 어린 소녀 시절 나라를 **빼앗긴**다는 것 주권을 잃는다는 것이 무엇인지도 모르던 시절, 방학 때면 귀성 열차를 타고 내려가던 경의선 3등칸 안에서 목격하던 그 가난하고 참담한 겨레의 모습들이 눈에 선하다. 그처럼 초라하고 불쌍한 내 나라 동족 앞에 그처럼 당당하고 위세롭던 일인 승객이며 경찰관들의 그 대조적인 광경, 슬프도록 치욕적인 광경은 내 의식 내면에 찍힌 오욕의 역사의 첫 장이었다.

경의선 보통열차 3등 객실
후미진 구석엔
남도 어디서 흘러오는 실향민인가
남부여대 초라한 행색의 조선인들
올망졸망 등에 혹들 업고 지고
괴나리봇짐에 바가지짝 꿰매 달은
여덟 새 무명 동저고리 바람의
누렇게 부황 든 남정네와 그 아낙
불 꺼진 남포등 같은 캄캄한 얼굴에 패인
가난의 길고 긴 골짜기 뛰어넘으려
만주 북간도 어디론가 간다고 하던
길 잃은 조선의 반달들
꽁보리밥 고추장에

240

입술이 벌겋게 부르튼 아이들은
슬픈 유산의 공복을 달래고
일인 게다 끝에 무심히 채이는
수모와 치욕의 바가지짝들은
설움에 길든 식민지의 비명을 잠잠히 삼키며
임자 없는 산야의 해골처럼 굴렀다
지금도 뇌리에 찍혀 바래지 않는
천연색 필름 몇 장
　　　　　—〈경의선(京義線) 보통열차—망향사(望鄕詞) 1〉 전문

　지난 일들을 새삼 들출 일은 아니지만 내 삶의 근원지 뿌리는 바로 내 조부와 같이 이름 없이 죽어간 숱한 선조들이 걸어온 수난의 길이며, 그것이 바로 오늘 내 삶을 지탱해 주고 나의 오늘을 있게 해주는 근원이라고 보아야 하며, 따라서 내 시의 뿌리도 어디선가 그곳으로 이어지게 되어 있는 것이 아닐까 생각한다.

　앞서도 말했듯이 내가 살아온 십대에서 이십대를 한마디로 특징짓는다면 전쟁과 궁핍이었고 일제 식민지 정치하에서 받았던 치욕적인 차별과 멸시의 기억뿐이었으며, 일제시대 일본인 학교였던 경성여자사범학교 강습과의 기억은 그중에서도 직접적인 체험이었다. 모처럼 얻은 광복의 기쁨도 잠시뿐 다시 6 · 25 전란과 그에 따르는 파괴, 궁핍, 이산, 분단, 피난 등의 수난과 고통으로 점철된 평탄치 못한 삶이었다. 그러나 그렇게 전란의 혼란과 궁핍과 불안정 속에서도 나는 처음으로 시인이 되는 꿈을 꾸었고 또 사랑의 아픈 시련을 겪기도 했다.

　초라히 코스모스 한 다발 안고
　어두운 밤을 돌아가는

내야 가난한 소녀올시다

삼단 같은 머리도 머리에 들일

다홍 댕기 한 감도 지닌 바 없는

다만 숙(淑)이, 숙이란 이름만을 지닌

이렇게 작은 몸이 낙엽을 밟고 돌아갑니다

(중략)

가야 할 길

가야 할 길

가난한 소녀가 살아야 하겠기에

이 밤도 이 어둠도 역겨움 없이

항시 꽃 한 다발 가슴에 안고

그리움 속에 부르는

서리찬 시월이 있습니다

—〈가을〉, 1947년 《문예신보》

　이렇게 원색적으로 생의 출발을 다짐하면서 떠난 길, 이른바 시인이 되는 꿈도 사랑의 기쁨도 좌우익의 분쟁과 혼란, 그리고 전쟁이라는 국가적 소용돌이 속에선 어쩔 수 없이 밀어놓고 접어두어야 했던 지극히 작고 무가치한 단어들이었다. 하여 내가 쓴 최초의 사랑 노래는 이별 노래가 되었고,(〈낙엽(落葉)의 노래〉) 헤어지는 이의 장도를 빌며 약속도 없는 귀환을 기다리는 비가(悲歌)일 수밖에 없었다.

총대도 탄환도 없이 오르는 장도에

주먹과 가슴팍과 불타는 젊음만이

하나의 무기라고 웃음 짓던 너

낙엽도 목숨처럼 쌓이고

목숨도 낙엽처럼 쌓이는 높은 산(山)마루엔

청춘(靑春)이 한 묶음 꽃처럼 뿌려지리

너 가거든

옳은 것이 그리워 너 가거든

부디 사랑과 같은 것은 조그마한 이름으로

불러두어라

…… 백설(白雪)이 휘날리고 얼음이 깔리련다

　밤마다 하늘은 포성에 무너지고……

아, 나는

얼어붙은 창(窓) 밑에 손끝을 녹이며

너 돌아오는 날

개선의 새벽까지 살아야겠다

—〈환별(歡別)—너의 장도(壯途)에〉 전문

　이같이 전란과 이별의 십대와 이십대를 작별하고 방황과 혼란의 생존 속에 부대끼며 어느덧 떠밀려간 현실의 한복판에서 비로소 나는 내 곁에 아무것도 남아 있는 것이 없음을 깨달았다. 이른바 젊음, 사랑, 꿈이라고 부르는 빛나는 별들이 퇴색해 버린 중년의 시간대에 들어서 있는 자신의 황량한 모습을 보았고 그 언저리에 안개처럼 서려 있는 존재의 실체 같은 것이 보이기 시작했다. 〈장식론(裝飾論)〉은 바로 그러한 내적 체험의 진술이라 하겠다.

　여자(女子)가

장식(裝飾)을 하나씩

달아가는 것은

젊음을 하나씩

잃어가는 때문이다

「씻은 무」 같다든가

「뛰는 생선」 같다든가

(진부한 말이지만)

그렇게 젊은 날은

젊음 하나만도

빛나는 장식이 아니었겠는가

(하략)

　　　　　　　　　　　　　　—〈장식론(裝飾論) 1〉에서

　내게 있어 시는 일차적으로 자기 성찰 내지는 확인이지만, 그러한 성찰과 확인은 단순한 자기 발견의 고백이기보다는 존재의 내밀한 인식에 이르는 하나의 수술용 메스와 같은 것이다. 다시 말해 시에 의해 내 생의 환부를 찾아내고 정직하고 정확한 수술을 위해 내려 꽂는 결단의 메스가 된다. 때문에 그것은 잘못 빗나갈 수 없는, 빗나가서는 안 되는 최후 최선의 일격이 되어야 한다. 그러한 나의 시적 자각, 즉 이십대에서 삼십대에 이르기까지 지녔던 저 감상과 물기에 젖은 언어들과 작별하고 비로소 산을 산으로 바라볼 수 있는 시력과 그에 걸맞는 보다 견고한 언어들을 탐색하면서 부딪친 첫 번째 벽은 시가 결코 꿈꾸는 일도 즐거운 놀이도 아닌 참으로 어렵고 힘든 고통이라는 자각이었다.

　시는 그렇게 무의식적인 몽환 속에 매몰되어 일상적·수평적으로 상실해 가는 나의 삶에 대한 물음으로 시작하여 벗기고 캐며 수직적 깊이로 상

244

처를 내는 부단한 메스가 되어 내 앞에 새롭게 다가선 것이다. 그것은 이제껏 누워 있던 자리를 털어내고 꿈꾸던 꿈에서 깨어 일어나게 하며 끊임없이 일상적 상식이나 규범을 배반하면서 모든 출발과 도착, 발단과 결말, 그 생의 아침저녁을, 살아 있는 한낮을 생생한 오한으로 긴장시키며 사각(死角)으로 몰아가는 것이었다. 이러한 시의 자기 해부적 조준(照準)은 가령 〈12월의 시(詩)〉에서처럼 "내가 집을 떠날 때/길은 여명 속에 빛나고/포도밭은 이슬에 젖어 있었다/바람은 숲 속에/색색의 꽃을 피우고/밤은 은밀히 새벽을 차리는/별들의 찬란한 식탁이었다/나는 철없이 노래하고 마시고 잠들었다"고 떠나온 새벽, 생애의 아름답던 아침, 그러나 무위와 낭비로 탕진해 버린 허망한 시간에 대한 아픈 성찰과 회오를 겨냥하기도 하고 또는 "이 가을/내가 할 수 있는 일은/내가 내 의자(椅子)에 앉아 있는 일이다/(중략)/내가 내 의자에 앉아/정오(正午)의 태양(太陽)을 작별하고/조용히 하오(下午)를 기다리는 일이다/정중히 겨울의 예방(禮訪)을 맞이하는 일이다(〈이 가을 내가 할 수 있는 일은〉에서)"라고 자기 생애의 귀착점, 평생을 걸어서 어느 날 당도하는 분명한 행선지, 종점의 이름 하나를 찾아내고자 순례하기도 했다.

결국 '맨발로' '도보로' 한 생애 '걷는 것밖에는 믿을 것이 없었던' '고독한 피의 내림'(〈지명(知命)의 겨울 5〉)일 수밖에 없는 쓴다는 일, 시는 이같이 내게 있어 하나의 마침표 '단언(斷言)'이다. 생에 대하여 꿈 또는 죽음에 대하여 내가 할 수 있는 마지막 말, 단언에 이르는 길이며 그것은 바로 '뿌리로 하부(下部)로 꽃피지 않는 암흑'으로 존재의 원점을 찾아 굴착해 가는 삽의 마지막 부딪침 같은 소리다. 나는 그 단단한 마침표 하나를 찍기 위해, 내가 나에게 분명하게 말할 수 있는 확신의 단언 하나를 찾기 위해 산을 넘는 고행자가 되어왔다.

그같이 헤맨 삶의 한 지점에서 어느 날 '타관(他關)의 햇살'의 눈부심을 보았고 그 햇살 속에서 일회뿐인 지상의 삶의 실체를 생각하지 않을 수 없었다. 지상은 영원 안에서 볼 때 어차피 타관일 수밖에 없고 그 타관은 분단되어 돌아갈 수 없는, 죽어서밖에는 갈 수 없는 고향(평북)에 대비되는 객지로서의 타관과 복합되어 내 앞에 확대되는 것이었다. 하여 "우리의 여름은 길고 뜨거웠다/서향(西向)한 집은 잠시 불타다 스러질 것이며/선량(善良)한 마음들은 어둠을 향해/경건히 성호(聖號)를 그을 것이다(〈타관(他關)의 햇살 1─여일(麗日)〉에서)"라는 한 자성적 정관(靜觀)이 자신이 선 발밑의 일몰을 비추면서 문득 "겨울엔 겨울의 태양이 있고/마른 잎엔 대지(大地)의 잠이 있다"는 한 깨달음으로 이끌어가던 것이다. 그것은 오랜 여정의 헤매임 끝에 얻은 하나의 단언이며 그러한 단언에 의해 나는 내 삶의 한 단락을, 휴식과 안도의 한 단락을 지을 수가 있었다. 다시 말해 삶의 한 마디 한 마디를 풀어가는 암호 해독과 같은 자기 해결의 실마리를 얻은 것이다.

앞서도 말했듯이 이제까지의 내 생애는 평화보다는 전쟁, 풍요보다는 궁핍, 자유보다는 부자유와 제약 속에 더 많이 처해 있었고 그러한 시대적인 불행과 혼란 속에서 나는 어느덧 나도 모르게 살아가는 데 있어서 기쁨보다는 슬픔을, 감사보다는 울분을, 순종보다는 반항을 익히게 되었고 사물을 보는 데 있어서도 긍정적이기보다는 부정적이고 비판적이며 마이너스적으로 받아들이는 데 길들어버린 것 같다.

내 시의 어떤 것을 놓고 간혹 '개체적 또는 사회와 시대적 고통과 아픔에 의한 치열한 자아 추구와 구원 의지의 표현'이라고 평하는 이도 있지만, 사실 나는 감미로운 사랑의 노래나 찬미 어린 기도시를 쓰지 못한다. 설령 사랑이나 기도의 말을 빌릴 때도 천상적이고 몽환적인 옷을 벗고 참담한 지상적 현실의 아픈 사랑이 되고 '어둠의 믿음'이 되어 나타난다. 4·19의 여러 현장들이 씨앗이 되어 태어난 〈우리들 시대의 아들아 1〉에서처럼 "아들아 가시철망에 찢어진/아침 햇살을 보라//유혈(流血)하는 햇살의 비명(悲鳴)/비명을 분쇄하는/바람의 포격(砲擊)을 보라//긴 밤/불면의 겨울 숲을 헤쳐 나온/기아(飢餓)의 새/새들이 떼 지어 사살(射殺)되는 건/그들이 매도(賣渡)하지 않는 날개 때문이다//이 아침 살아남아/살아남아 노래하는 건/오직, 너/너의 팽팽한 가슴/근육(筋肉)마다 튕기는 고발(告發)의 탄력(彈力)//아들아/오늘도 무거운 장총(長銃)엔 충분한 실탄(實彈)/배낭(背囊)엔 꿈도 가득 채웠는가//포위망을 뚫고/가시철망을 끊으며/녹슨 빗장을 제끼는 손//내일을 여는/확신(確信)의 손에/끝없이 밝은 집단(集團)의 햇살이 튄다//어디서나 쏟아지는 함성(喊聲)이 되고/어디서나 산화(散花)하는 꽃잎이 되는/우리들 시대의 아들아//너 가는 천지/굽이쳐 강물로 흐르는 내 사랑은/아픈, 맨발의 백의종군(白衣從軍)/날마다 희디 흰 붕대(繃帶)를/가슴에 감는다"와 같이 맨발로 그들의 뒤를 따라가는 아픈 사랑이 되고, 신앙에 있어서도 어쩔 수 없이 어둠과 빛, 선택된 자와 남겨진 자, 그 흑과 백의 서로 건널 수 없는 단절의 두터운 유리 벽 앞에 "빛이 도려내는/차가운 가위질//나는 어둠 속에 혼자 남아/문득 두터운 빛의 유리 벽(壁)을 보는(〈주일미사(主日彌撒)〉에서)" 그럴 수밖에 없는 소외와 단절의 고독을 체험하는 것이다.

요컨대 이러한 부정적인 인식은 내가 살아온 개인적 또는 시대적 환경에 영향받아 형성된 불행한 징후로 평생을 내 의식의 어느 한구석에 숨어서 편안한 잠을 흔들어 깨우며 자주 고통스럽게 하는 고질적 병인지도 모른다.

우리가 살아온 지난 한 시대의 달력을 들여다본다. 물론 태어나기 이전에 있었던 일도 많지만, 생존 중에 겪은 일은 더 많다. 가령 우리의 달력이 기쁨으로 채색된 달이 얼마나 되는가. 3월 3·1운동, 4월 4·19의거, 5월 5·16 군사 쿠데타 그리고 광주민주화운동, 6월 6·25 한국전쟁, 8월 광복의 기쁨은 잠시일 뿐 남북 분단의 비극, 9월 일본의 동경 대지진으로 인한 재일동포의 대량 학살, 그리고 KAL기 폭파사건이며 10월 10·26사태, 12월 12·12사태, 1월 1·4후퇴, 대충 집어보아도 편안했던 달이 별로 없는 것이다. 나는 고의로 이러한 불행을 상기시키고 열거하는 것이 아니다. 결국 이러한 국가적 시대적 고난들이 개인의 희망이나 안녕을 얼마나 무참하게 파괴하고 변질시켜 버렸는가를 말하고 싶은 것이다. "날마다 콩 볶는 무쇠 솥에 콩 줄기 같은/푸른 꿈, 희망, 혈연, 툭툭 끊어지며/우리의 내부를 파괴해 가던/어두운 시대, 25시/그때 삼천 리 삼천 만의 팔 할이 이중섭이었다/사기 유리 깨어져 내리던 하늘/무차별 난사로 등 으깨지던/우리가 죽인 우리 시대의 꿈 이중섭(《이중섭》에서)"일 수밖에 없었음을 생각하게 되는 것이다. 나 역시 6·25 전쟁 피난 등으로 학업을 중단해야 하는 희생을 치렀고 많지 않은 가산과 나로서는 소중한 몇 편의 원고들을 바다에 수장해야 했으며, 스스로 판단할 수 없는 가치의 혼란 속에 당장의 빵과 잠자리를 얻고 살아남기 위해 진실을 왜곡하지 않을 수 없었던 슬픈 기억들을 간직하고 있다.

인간성 패배와 파멸의 어려운 시대를 몸으로 체험하면서 결국 살아남기 위해선 현실과 타협해야 하며, 타협하는 일이란 싫어도 자신을 타락시키는 일임을 깨달을 수밖에 없었다. 한 외국의 시인은 이러한 인간성 패배의 비애를 다음과 같이 역설적으로 토로하고 있다.

> 나는 더 이상 상처받지 않을 것이다
> 왜냐하면 상처받기 위해
> 오직 그것을 위해
> 나의 존재는 있어 왔으니까
> 나는 더 이상 쓰러지지 않을 것이다
> 왜냐하면 파멸하는 일
> 오직 그것이 나의 삶의 유일한 주제였으니까

생각하면 나 또한 어쩌면 그와 대동소이하게 이 시대 이 사회를 정신적 유혈과 빈곤과 파탄 속에 살아왔고 지금도 끊이지 않는 갖가지 갈등과 문제들에 무시로 놀라고 부대끼며 분열되고 있는 것이다. 가장 비근한 예로 정부와 국민 간의 사고의 차이, 그로 인해 끊이지 않는 정국의 소요와 학원사태, 기형적인 물량주의와 소비성 경제의 비대, 살인적인 인구 문제, 일간신문을 점철하는 대형 사회악, 특정 기업의 특혜 비대로 인한 국민의 불신 등 지난하고 해결 무망(無望)한 문제들로 우리의 감성은 몇 갈래로 갈라지며 불안과 회의에 빠지는 것이다.

시는 직접적으로 약이 될 수도 빵이 될 수도 없다. 누가 천 편의 애국시를 썼다고 해서 정부 정책의 어느 한 구절이 바뀌는 것은 아니다. 그러나 오늘 이 시대를 살아가는 한 구성원으로서 그리고 한 시인으로서 이런 시대에 무엇을 할 것인가 생각해 보지 않을 수 없다. 나는 결코 참여니 순수니 하는 저 시의 쟁의(爭議)에는 관계도 없고 관심도 없다. 더욱이 요사이 흔히 말하는 민중문학 민중시 운운에 대하여는 더욱 아는 바가 없다. 모든 문학운동이란 시대적 요청에 의해 일어나기도 하고 또 자연도태되기도 한다. 하나의 운동은 다른 운동으로 이어지며 사라져버릴 뿐 영속하는 것은 오직 문학 그 자체일 뿐이라고 나는 믿고 있다. 다시 말해 문학이 시대와 역사의 조류를 넘어서 살아남을 수 있는 것은 오직 그 문학성, 시류적 성향을 초월한 문학성에 있다고 믿는다.

생각하면 문학이란 어떤 경우에서건 현실적 결핍과 고통 · 불행 · 갈등에서 태어나는 것이고 보면, 문학의 본질 자체가 민중적 의지의 표현이라 하겠으며, 한 시대의 문학에 종사하는 그 누구도 귀족이나 재벌이 될 수 없는 한낱 민초로서 그 시대가 원하는 공동의 희망을 함께 희망하는 공동체의 일원인 것이다. 그래서 갖가지 생의 결핍과 시대적 고통으로부터 구출되어 하나의 출구를 찾고자 애쓰는 구원 의지의 소유자들이다. 누구도 거기서 예외일 수는 없는, 그것은 문학적 소명이기도 하다.

다만 문학이란 개체의 개성적 표현이기 때문에 그 목소리나 몸짓을 하나로 묶을 수 없는 다양성을 지니고 있고, 그러한 다양성을 통해 공동의 희망에 닿아갈 수밖에 없는 것이다.

"인간이라고 하는 것은 작은 돌을 쌓아 올리면서 자기가 세계를 창조해 가는 일에 협력하고 있다고 느끼는 것이다"라고 말하는 생텍쥐페리의 말처럼 자신이 하는 일이 고작 하찮은 돌 하나를 쌓는 일일지언정, 그 일에 스스로 긍지와 의미를 발견할 수밖에 없으며 실제로 그 작은 일을 통해 이 세계 완성의 극히 미미한 일부나마 협력하고 있다고 믿고 싶은 것이다. 그러한 믿음이 있기 때문에 어떠한 상황 아래서도 살아낼 수 있으며 살아가되 조금이라도 인간적인 품위를 잃지 않고 자신이 낼 수 있는 최대한의 말, 최대한의 목소리로 꿈꿀 수 있는 자유와 권리를 누리고자 하는 것이다. 그런 의미에서 나 역시 이 시대의 암벽에 작은 벽돌 한 장이나마 쌓아 올리는 심정으로 살아왔으며, 그렇게 태어난 것들이 바로 연작시 〈사는 법(法)〉이다.

"〈하지제(夏至祭)〉 이후 4년 반 나의 안과 밖이 하나로 암담했다. 어떠한 질문도 해답도 허용되지 않는 시간이었다. 여기 나의 목소리들이 얼마간 높은 것은 바로 나를 에워싼 어둠과 시시로 빠져드는 실어(失語)의 늪에서 빠져나오기 위한 안간힘이다"라고 〈사는 법(法)〉 후기에서 간단히 언급하기는 했지만, 그렇게 지극히 짧은 말로 줄일 수밖에 없었던 고충을 언젠가 한번은 밝히게 될 것이라고 나는 믿는다. 사실 나는 "〈사는 법(法)〉에서 내가 생애를 통해 낼 수 있는 가장 높은 소리를 냈으며 다시는 그같이 크고 뜨거운 소리를 내지는 못할 것이다"라고 어디선가 언급한 적도 있지만, 그동안 〈사는 법(法)〉에 대해서 단 한마디도 시원한 말을 할 수가 없었다. 그러나 이제 분명하게 밝힐 수 있고 또 밝혀놓아야 하리라 생각한다. 그것은 〈사는 법(法)〉의 출생을 명시해 둠으로써 불분명한 사생아의 신분을 벗겨주고 떳떳한 햇빛을 보게 해주어야 하겠다는 책임감에서이다.

앞서도 언급했듯이 나의 삶은 개인적 또는 시대적 여러 수난에 의해 늘 한구석이 그늘져 있었고, 그러한 어두운 불안과 그늘이 시의 뿌리를 이루면서 보이지 않게 자라나 언제든 발아할 기운을 잉태하고 있었다. 1980년 초 광주민주화운동은 바로 그같이 쌓이고 쌓여온 시대적 고통의 폭발점이 되었고, 이제껏 살아온 모든 질서와 상식이 무너져내리는 혼란과 어둠이었다. 목을 누르는 거대한 암벽에서 빠져나오기 위해 나는 소리치며 뛸 수밖에 없는 심정이었다. 뛰어야 고작 제자리이건만 살아내기 위해선 그렇게나마 할 수밖에 없었다. 그렇게 쏟아낸 목소리들이 바로 〈사는 법(法)〉이다.

> 잠자는 법 눈뜨는 법
> 걸음 걷는 법
> 하루에 열두 번도 하늘 보는 법
> 이를 빼고 솜 한 뭉치 틀어막는 법
> 한 근씩 살 내리며 앓는 법 배워요
> (중략)
> 가슴 터져나도 천 리(千里) 긴 강물 붕대로 감고
> 하루에 열두 번씩 죽는 법 배워요
>
> ─〈사는 법(法) 1〉에서

이렇게 '절망의 정열'로 투신하기도 하고 또 한편으로는,

> 날지 못할 날개는 떼어버려요

지지 못할 십자가는 벗어놓아요

(중략)

한 사발의 목숨 위해

날마다 일심으로 늙기만 해요

(중략)

되도록 몸은 작게 숨만 쉬어요

바람 불면 들풀처럼 낮게 누워요

아, 그리고 혼만 깨어 혼만 깨어

이 겨울 도강(渡江)을 해요

—〈사는 법(法) 2〉에서

와 같이 자학과 역설로 자신을 질책하기도 했다. 생각하면 우리는 죄 없이
이 시대에 태어난 탓으로 "강철의 태양에 살을 지지며/(중략)/제 키보다
더 큰 벌을 받고(〈사는 법(法) 3〉에서)" 살아가야 한다. 그리고 그 고통에
서 구출되는 길은 결국 "아픔엔 아픔으로 단근질하고/고통엔 고통으로 밥
을 먹이고/바람으로 영혼이 크며 앓는(〈사는 법(法) 3〉에서)" 이른바 고통
의 구원밖엔 길이 없음을 깨달아야 했으며, 그러한 깨달음이 지시하는 길
은 결국 기다리며 서로 함께 나누는 사랑, 믿음의 연대성과 동일성 회복으
로 귀일하게 되었던 것이다.

기다려야 해

네거리 신호등 빨간 불 앞에선

가던 길 멈추고 한숨 돌리고

(중략)

한 시대 도상(途上)에 함께 젖은 우리들

보아요 누구도 이 비를 피해 가지 못하는

운명의 겨울
추운 몸 서로서로 살 부비고
남은 불 조금씩 나누어 지펴요
어둠 속에 뿌리들 서로 엉켜요

—〈사는 법(法) 4〉에서

최대의 절망은 절망하지 않는 절망이라고 한 말을 나는 믿는다. 왜냐하면 참다운 절망 안엔 스스로 구원되고자 하는 신의 의지가 숨어 있으며, 따라서 절망은 그대로 구원의 얼굴이라고 할 수 있기 때문이다. 어떻든 나는 이렇게 어줍게나마 이 시대의 이웃들과 함께 살아내는 법을 생각하면서 "때가 오면 관솔에 기름 부어/한 솔기 불꽃으로 길을 밝히고/눈부신 이마로 신들메를 매며/가슴에 금빛 단추 반짝이는 불을 켜고/(중략)/바람 부는 벌판에 장대로 서서/한 시대 어둠을 허물어내는(〈사는 법(法) 6〉에서)" 희망과 의지를 나누어 갖고자 원했다. 그것은 나와 함께 나처럼 앓고 있는 이웃에게 줄 수 있는 유일한 위로의 말이며 진실이었다. 내가 할 수 있는 유일한 사랑의 표현이었던 것이다.

그러나 어둠은 나의 바깥, 시대적 상황에만 있었던 것은 아니다. 사실은 나의 안에 곧 내 존재의 근원지인 나의 내부에 더 큰 어둠이 나를 지켜보고 있었나. 나는 밖으로 돌렸던 시선을 안으로 돌려야 하며 마침내 우리가 태어난 곳으로 돌아가야 하는 지상의 마지막 시간을 준비해야 함을 어쩔 수가 없었다.

그렇다. 어느 날 예고 없이 지상으로부터 사라져야 하는 생명의 절대적인 한계상황을 우리는 싫어도 받아들이고 순명해야 한다. 그 한 분 절대자의 손이 "아침에/분홍빛 장미를 축복 속에 피워놓고/저녁에 지체 없이 걸어가는(〈꽃들의 생애 2〉에서)" 그래서 "꽃들은 이유 없이 태어나/유예 없이 가야 하는//순명의 아픈 지혜(〈꽃들의 생애 2〉에서)"를 배우고 "누가 저 어둠 뒤에 숨어/꽃들의 희망을 흙으로 덮고//다시 하얗게 바랜 새벽의 시체를/널고 있는지(〈꽃들의 생애 3〉에서)" 알 수 없는 "참담한 손의 집행(執行)(〈꽃들의 생애 3〉에서)"과 "아침이면 말갛게/꽃들의 죽음을 잊어버리는(〈꽃들의 생애 3〉에서)" "슬프지도 않은 지상의 비극(悲劇)(〈꽃들의 생애 3〉에서)"을 정시하면서 이윽고 돌아가야 할 마지막 주소를 향해 마음의 편지를 써야 하는 것이다.

> 길고 어두운 밤에
> 나는 한 장의 편지를 쓴다
> 문은 잠기고 별은 침묵하고
> 꽃들은 남으로 떠나버렸지만
> 빈 땅에서 바람은 헛되이 포도밭을 지키고
> 시간은 허무의 언덕을 내려갔지만
> 나는 끝낼 수 없는
> 한 장의 편지를 이 밤에 쓴다
> (중략)
> 내가 돌아갈 나의 마지막 주소
> 약속의 땅 빛의 항구
> 침묵의 나그네시며
> 내 마지막 동행이신 분
> 나는 그분께
> 오늘도 길고 뜨거운 편지를 쓴다
> —〈편지〉에서

이같이 한 생애를 끝내가면서 그러나 돌이켜보면 나는 보다 많은 시간을, 아니 대부분의 시간을 부질없는 '지상의 놀이'에 골몰해 왔던 것임을 새삼 깨닫게 된다. 창끝으로 찔리면 아파서 소리치면서도 금시 돌아앉아 저 하나의 배고픔을 호소하는 어린아이처럼 지극히 개인적인 '이 세상 놀이'에 줄곧 탐닉해 왔던 것이다.

> 풍선을 붑니다
> 날마다 날마다 풍선을 붑니다
> 풍선을 불며 나는 놉니다
> 남은 햇살 타관의 뜰에
> 치인(痴人)의 꿈 같은 풍선을 붑니다
> 붉고 푸른 울음을
> 열 개나 스무 개쯤 터뜨리면
> 하루해가 무사히 지납니다
> 잠은 잘 자고 꿈도 꾸지 않습니다
> 열이면 열 백이면 백 불면 터지는
> 풍선이 아름다워
> 태어나 사라지는 목숨이 아름다워
> 나는 조금씩 앓으며 마릅니다
> 이대로 가을 들의 마른 풀이 될 것입니다
> 그지 그뿐입니다
> 모두 당신 지어주신 지상의 날입니다.
> ―〈풍선 놀이 1―십자가 36〉 전문

살아 있는 자의 피할 수 없는 그 숙명적 놀이, 아니 살아 있음이란 하나의 놀이, 사랑·미움·이별·기다림·비탄·고독·욕망들, 그 부질없고 끝없는 놀이, 고작 '열 발 스무 발 꼬아서 버릴' 허망한 놀이에 골몰하면서 바로 그렇게 꼬아서 버릴 수밖에 없는 무위의 새끼줄 같은 나의 어둠들이 '제 발목 제가 묶는' 어둠들이 실은 나를 키우고 나를 살게 한 '지상의 양식'이었음을 새삼 깨닫는 것이다. 이제 돌아보면 멀지도 않은 그 길을 서둘러 '급행열차(急行列車)로' 달려온 것 같은 후회와 적막뿐이고 그런 생애의 종점 부근에서 아직도 나는 끝나지 않은 자신의 어둠과의 싸움을 계속하고 있다. 기어이 찍어야 할 마지막 단언, 그 분명한 마침표 하나를 찾기 위해.

작품론 · 작가론

홍윤숙 시의 거리 두기와 집짓기의 시학

 김현자 문학평론가 · 이화여대 교수

1. 머리말

홍윤숙의 시들은 언어에 의한 지적 성찰이 번뜩인다. 〈사는 법(法)〉, 〈장식론(裝飾論)〉, 〈방목시대(放牧時代)〉 등의 제목에서 나타나듯이 그의 시들은 일상적인 것들을 다루고 있으면서도 단순히 서정적 감상의 차원에 머무르는 것이 아니라 오히려 그것과 대립함으로써 새로운 의미망을 구축하는 비상한 언어능력을 보여준다. 홍윤숙의 여성성은 회한과 끈적거림이나 나약하고 흔들리는 것으로 가득 찬 것이 아니라 꼿꼿하게 서 있으려는 힘으로 나타난다.

여성으로서의 삶이 기지는 무게와 깊이에 대한 시인의 비틀림 없는 성찰은, 청신한 가을 들판의 마른 풀의 향기와 그 위에 쏟아지는 쓸쓸하나 정겨운 가을 햇살, 삶의 눅눅함이나 절망 가운데서도 부패를 막는 정결한 '소금' 의 빛남, 대지에 뿌리를 굳건히 내린 어머니의 생명력, 몸의 해체를 통한 고통스러운 내면 응시, 집을 짓고 아름다운 세계를 구축하려는 생에 대한 진지함으로 무르녹아 그 자체가 하나의 설법이다.

한국 현대시사에 여성 시인이 등단한 1920년대 이후 대체적으로 '여성

시' 라는 범주는 여류 시인의 작품으로서 정서적이고 개인적이며 소극적인 성격을 갖는 것으로 인식되어 왔다. 이는 여성 시인들의 사회적 인식에 초점을 둔 시가 희소하고 역사나 사회 같은 거창한 외적 세계보다는 자신을 둘러싼 내면세계에 대한 탐구에 관심을 가져온 데서 비롯된다고 보여진다. 이러한 감성 위주의 문학이라는 한정된 시각은 홍윤숙에 의해 극복의 가능성을 지닌다. 홍윤숙은 현실과 맞부딪쳐 인간 존재에 대한 통찰력 있는 시선으로 여성시의 지평을 넓히는 역할을 하고 있다.

2. 일상성의 성찰과 여성적 생명력

인간의 삶은 일상성으로 구축된다. 낮의 시간 속에 자리 잡고 있는 일상은 반복, 단조함, 붙박이로 이어지는 정지된 시간이다. 그것은 진지한 반성 없이 되풀이되기만 한다. 그러나 '시계(時計)소리'로 요약된 일상의 무미건조함은 시인의 남다른 혜안에 의해 정지와 부재를 부정하고 다시 움직이기 시작한다.

흔들리는 새벽에
눈을 뜨면
나의 지체(肢體)는
반쯤 흙에 묻혀
혼곤히 뿌리를 내린
겨울 국화(菊花)다

(중략)

세상은
썰수록 커가는

부재(不在)의 둥근 사과
이가 시린 사과 속에
손을 담그면
멎었던 일상의 시계 소리도
여울져 오고

나날의 아침은
바람으로 미역 감는
해의 내실(內室)
이따금 주일(主日)의 맑은 성가(聖歌)에
혼(魂)을 씻으며
타지 않는 겨울 볕에
꿈을 말린다

　　　　　　　—〈일상(日常)의 시계(時計) 소리〉에서

'새벽'이 흔들리는 까닭은 정지된 일상으로부터 벗어나고자 하는 시인의 역동적 자기 성찰이 이루어지는 시간이기 때문이다. 일상이 고정되고 움직임 없는 것으로만 점철된다면 그것은 그대로 무덤일 뿐이다. 이처럼 일상의 혼미해진 의식 위로 쏟아진 맑고 차가운 '새벽'은 나를 눈뜨게 한다. 은빛 날개, 이슬, 수정, 겨울 사과, 칼날, 성가(聖歌) 등은 차가움의 이미지를 갖는 사물들인데, '목욕하다', '뚝뚝 지다', '투명하다', '시리다', '물이 돌다', '씻다' 등의 서술어를 통해 물기를 동반함으로써 그 차가움은 증폭되고 금속성과 투명함을 더해 준다. 이 차가움은 인식의 선명한 상태를 유지시키고 생명을 부여하는 힘이다.

'새벽' 또는 '아침'은 밤에서 낮으로 움직여 가는 시간의 흐름 속에서 유동적이고 일시적인 순간이다. 새벽 또는 아침이 갖는 시간의 이중성은,

뿌리는 땅에 묻고 가지는 하늘을 향해 뻗고 있는 나무—겨울 국화와 맥이 닿고 있다. 나무는 잠에서 깨어나는 순간의 혼미한 의식이 경유하는 죽음과 삶의 이중성을 환기시킨다. 이 아슬아슬한 경계 위에서 어느 한쪽으로도 치우치지 않으려는 오롯함을 시인은 '겨울 국화'와 '뿌리를 내린'다는 구체적인 사물과 행위로 결연히 드러낸다. 늦가을까지 환하게 피어서 세상을 밝히던 국화에서 겨울은 기다림의 시간이며 곧 오는 봄이 아니라 이듬해 가을의 개화를 준비하기 위한 내면으로의 침잠 시간이다. 기다림과 내면으로의 침잠은 자아에게 투명한 의식을 갖게 해서 "멎었던 일상의 시계 소리"가 되살아나 소리의 여울을 만들게 한다. 반복과 정지의 체험 속에 죽어 있던 시간이 눈을 뜨는 건 "이가 시린 사과 속에 손을 담그면"과 같은 차갑고 투명한 의식이 깨어 있기 때문이다.

일상성은 여성의 삶에 결부될 때 부정적인 것으로 인식되기 쉽다. 비일상의 시간은 덧없이 사라지는 한순간일 뿐이고, 그것은 한때 우리의 것이었으나 곧 잃어버리고 만 꿈과 같은 것이다. 꿈을 상실한 세상의 본질은 실상 '부재'이고 그 세상의 부재를 채우고 있는 것이 바로 일상의 시간이다. 그러나 시인은 일상을 부정적으로 바라보지 않는데 이는 일상의 아침을 "바람으로 미역 감는 해의 내실(內室)"로 비유한 것에서 찾을 수 있다. 이때 '바람으로 미역을 감는 해'는 욕망과 정염으로 번뜩거리는 불이 아니라 절제되고 내면의 미덕을 지닌 정화된 불로서 시 속에서 다시 "타지 않는 겨울 볕"으로 변용되어 나타난다. '타지 않는 겨울 볕'은 살갗을 태우고 인간을 황막하게 만드는 여름 폭염의 햇살과는 다르다. 가을의 고독과 겨울의 황량한 바람 속에서 불의 속성을 내면화한 바람이다. 그것은 생의 따사로운 양달로서 일상을 일상 그대로 빠뜨리지 않고 시인의 의식을 마르고 꼿꼿하게 만들어준다.

이로써 매일 '새벽' '아침'마다 되풀이하는 눈뜨기의 행위는, '바람'이라는 실존적 자각으로 미역 감고 "주일(主日)의 맑은 성가(聖歌)에 혼(魂)

을 씻"는 구도적 자세이며 이것으로 시인은 삶의 부패를 방지하는 '소금'
을 얻는다. '겨울 볕'에 말린 '꿈'은 바로 시인의 자각과 성찰이 응결되어
하얗게 빛나는 '소금' 이미지다.

우리는 또다시
때 묻은 식기(食器),
벗어놓은 평상복(平常服)에,
반신불수(半身不隨)로 끼어들고
밤새 출렁이는 물결이 되다
새벽의 탈출(脫出)을 예비한다

—〈희망(希望)〉에서

한 그릇의 쌀을 씻어
냄비에 얹고
한 토막 생선의 뼈를 발라
하루의 도시락의 영양(營養)을 가늠하는
침묵의 반복(反復)
그 나날의
사랑의
아픈 의무여

—〈겨울, 사람의 일기(日記) 1〉에서

일상성이 여성의 삶에 결부될 때, 그것은 부정적인 것으로 드러난다. 화
자에게 '식기'와 '평상복'으로 표상되는 일상은 '반신불수'의 상태로 인
식된다. 밥을 하고, 반찬을 만들어 도시락을 싸는 일은 가족에 대한 사랑
을 담고 있는 행위지만, 매일의 반복 속에서 동시에 그것은 아픈 의무이기

도 한 것이다. 일상은 끊임없이 반복되는 시간이고, 일상의 시간이 갖는 의미는 그곳으로부터의 "탈출(脫出)을 예비한다"는 점에 있다. 그러나 일상으로부터의 탈출은 '새벽'이라는 짧은 한순간에만 실현 가능할 뿐, 우리는 '또다시' 똑같은 일상 속으로 '끼어들'어야 한다.

그곳은
내 어린 딸들이
날마다 금빛 사다리를
걸어놓고
하늘만큼 오르는 꿈의 화실(畵室)

작은 아씨들이
외출한 방엔
낯익은 날마다의 싱싱한 해가
창마다 황금빛 해바라기를
무더기로 쏟아놓고

(중략)

귀 기울이면 들려오누나
아득한 어린 날
고향 뒤뜰에 심어놓고 온
한 그루 사과나무의
잎새 소리가

저녁노을 묻히며 재깔거리며

금을 싣고 돌아오던
내 어린 아씨 적의
웃음소리가

―〈동화(童話)가 있는 방〉에서

　시인이 일상으로부터 벗어나 삶을 이윽히 건너다볼 수 있는 방법은 유
년의 세계로 돌아가는 것이다. 유년의 세계로 이끄는 하나의 매개 공간이
되고 있는 딸들의 방은 꿈과 동화의 세계이며 동시에 나의 유년과 고향의
공간이기도 하다. '금빛 사다리', '싱싱한 해', '황금빛 해바라기', 금빛
'저녁노을'은 황금빛을 띠고 있으며, 하늘을 향해 오르는 '사다리'와 해
를 바라보려고 고개를 쳐드는 '해바라기' 그리고 대기 속으로 한없이 퍼
져 나가는 '웃음소리'의 상승 운동성을 보이는 공간이다. 어머니와 딸은
단단하게 묶여져 마주 보고 서 있는 한 쌍의 거울처럼 서로에게서 자신의
모습을 발견한다. 화자는 어린 딸들의 방에서 그 자신의 웃음을 되찾고 싱
싱한 황금빛으로 잉태된다. 시인은 유년의 세계 속으로 완전히 함몰하지
는 않는다. 그것은 '금빛 사다리'를 타고 올라가야 할 만큼 수직적 높이를
지닌 공간이며 '귀를 기울여야' 들려오는 아련하고 잔잔한 음향이며 현실
에서는 다시 실현되기 어려운 꿈과 동화의 세계임을 인식하고 있기 때문
이다. 화자는 딸이 존재하고 자신의 유년이 금의 광맥처럼 빛을 발하며 살
아 있는 유년의 세계라는 상승의 공간과 햇빛과 금이 빛남을 잃어버렸지
만 사랑의 의무와 수고를 다하는 현실의 공간 속에서 무게중심을 유지하
려 한다.

여자(女子)가
장식(裝飾)을 하나씩
달아가는 것은

젊음을 하나씩
잃어가는 때문이다

「씻은 무」 같다든가
「뛰는 생선(生鮮)」 같다든가
(진부한 말이지만)
그렇게 젊은 날은
젊음 하나만도
빛나는 장식이 아니었겠는가
(중략)

꽃을 더듬는
내 흰 손이
물기 없이 마른
한 장의 낙엽(落葉)처럼 쓸쓸해져
돌아와
몰래
진보라 고운
자수정(紫水晶) 반지 하나 끼워
달래어본다

─〈장식론(裝飾論) 1〉에서

여자(女子)가
장식(裝飾)을 하나씩
떨어버릴 때
씻은 그릇처럼

정결해질까

(중략)

여자가
장식을 하나씩
떨어가는 것은
낙목(落木)하는 나무의
흐느낌으로
짙푸르던 한 생애의
진한 아픔을
조용한 하강(下降) 속에
견디는 거다

—〈장식론(裝飾論) 4〉에서

　서로 상반되는 두 '논(論)' 사이에는 긴 시간 고민 끝의 연륜이 서려 있
다. 젊음은 빛이고 생명력이다. '씻은 무', '뛰는 생선', '만발한 꽃'으로
형용되는 젊음은 순결함, 건강한 힘과 열정, 그리고 왕성한 생기를 보여준
다. 이와 반대로, 젊음을 상실한 화자는 〈장식론(裝飾論) 1〉에서 흰색과
낙엽으로 상징된다. 흰색은 무채색의 하나로서 색의 부재를 의미하며, 낙
엽은 물기, 생명력의 상실을 의미한다. 화자의 존재는 초라함, 피곤함, 메
마름, 쓸쓸함 등으로 환기되고 있으며, 시인은 피곤하고 이미 가을날 낙엽
처럼 쓸쓸해진 자신을 이끌고 '피하듯', '숨어', '몰래' 등의 부사어에서
나타나듯 자기만의 방으로 들어간다. 이 방은 여성적 공간인데 이미 빛남
과 물기를 잃은 여성이지만 자기만의 공간에서 여성은 빛난다. 장식품이
놓여 있는 화장대에 앉아 젊음의 상실을 달래어보려고 시인은 '자수정(紫

水晶) 반지'를 손가락에 끼어본다. 자수정은 보석의 일종으로서 빛과 열을 내포하고 있는 사물이다. 특히 자수정의 진보랏빛은 핏빛을 떠올리며, 피의 붉음과 뜨거움은 젊음과 생명을 상징한다. 반지를 끼는 행위는 사치스런 몸짓이 아니라 잃어버린 자신의 꿈과 젊음을 메워보고자 하는 긍정적 의지에서 비롯되는 행동이다.

이러한 여성적 공간에서 일상성은 이 시인 특유의 긍정적 성찰로서 빛난다. 남성이 자기 비하, 소시민성으로 끝없이 일상으로 회귀하는 데 비해 여성은 일상성의 성찰을 통해 생의 지혜를 터득해 간다. 여성의 장식론은 사치와 허구가 아니다. 장식은 시인의 시에서 젊음의 꿈이며, "이브의 손길처럼 간절한 것"이며, 거리의 꽃집에 만발한 "원시의 숲에 사내들을 부르던 절절한 교태" 등으로 나타난다. '꿈', '간절한', '절절한' 등의 표현에서 알 수 있듯이 젊음과 생명력 넘치던 과거에 대한 간절한 회복의 소망이며 상실한 것을 다시 찾고 부재를 메우고자 하는 실존적 욕망의 표출이다.

반면, 〈장식론(裝飾論) 4〉에서 여인이 일상 속에서 달았던 장식을 하나씩 떨어버리는 행위는 내면을 향한 고독한 몰입을 의미한다. 한때는 짙푸르게 무성하던 잎—젊음을 모조리 떨구어버리고 지나간 세월의 흔적을 뿌리 속에 묻고 있는 겨울 나무란 메마르고 삭막한 풍경처럼 보이지만 실은 알몸 그대로의 본래적 인간으로의 회귀일 뿐이다. 그것은 종교로 통하는 세계이다.

시인에게 지상에서의 삶은 '풍선 놀이'와 같이 허망한 것으로 인식된다. 내가 살고 있는 고장, 즉 지상은 타관이다. 타관에서의 나날은 존재하는 모든 것들이 깨어지고 터지고 사라지고 죽는 허망한 시간들이다. "오늘 아직은 타관의/(중략)/부서진 하루의 문을 여는/유예(猶豫)된 시간을 우리는 소유(所有)한다"(〈타관(他關)의 햇살 1—여일(麗日)〉에서)에서 나타나듯이, 타관에서의 삶은 언젠가는 떠나야 할 유예된 시간일 뿐이다. 따라서 나는 정착할 곳 없이 떠도는 나그네이고, 낯선 이방인이다. 그 속에서 나는 병자(病者)이고, "꿈이 없는 잠" 또는 "가을 들판의 마른 풀"과 같은 메말라가는 존재인 것이다.

> 풍선을 붑니다
> 날마다 날마다 풍선을 붑니다
> 풍선을 불며 나는 놉니다
> 남은 햇살 타관의 뜰에
> 치인(痴人)의 꿈 같은 풍선을 붑니다
> 붉고 푸른 울음을
> 열 개나 스무 개쯤 터뜨리면
> 하루해가 무사히 지납니다
> 잠은 잘 자고 꿈도 꾸지 않습니다
> 열이면 열 백이면 백 불면 터지는
> 풍선이 아름다워
> 태어나 사라지는 목숨이 아름다워
> 나는 조금씩 앓으며 마릅니다.
> 이대로 가을 들의 마른 풀이 될 것입니다
> 그저 그뿐입니다
> 모두 당신 지어주신 지상의 날입니다
>
> ─〈풍선 놀이 1─십자가 36〉 전문

그러나 시인은 이 메마름의 이미지들 속에서 역설적인 아름다움을 찾고 있다. 그것은 영원하고 충만한 존재들이 주는 완전한 아름다움이 아니라, 일회적이고 유한한 것들, 즉 불완전하고 결핍된 존재들이 주는 비극적 아름다움이며 본질이 아니라 허상, 실체가 아니라 그림자, 천국이 아니라 지상에서의 인간의 삶이 주는 아름다움이다.

　메마름과 응결의 가장 빛나는 중심 이미지로 등장하는 것이 소금이다. 소금은 홍윤숙 시의 도처에서 나타난다.

　　하루 세 끼 정결한 식탁의 빵과 소금

　　　　　　　　　　　　　　　　─〈지상의 양식 2〉에서

　　목숨 다히 지키려 이마에 땀 흘리던
　　빛과 소금의 잔을
　　누이야 너는 알지

　　　　　　　　　　　　　　　　─〈지상의 양식 2〉에서

　　순금의 소금밭 겨울 오지(奧地)

　　　　　　　　　　　　　　─〈지난 여름 야영(野營)은 2〉에서

　소금은 빛남과 정결을 나타내는 이미지로 삶을 삶답게 하는 물질이다. 소금의 내면에서 햇살이 숨어 있으며 순금의 결정체로 광물질로 변용되며 짭짤한 맛으로 생의 긴장을 불러일으키는 특성을 지닌다. 시인은 소금 이미지를 반복함으로써 일상의 부패 가운데서 인간의 영혼을 지키며 삶을 순금으로 빛나게 하는 응결의 미학을 보여준다.

　　허망한 놀이에 골몰하는 딸이
　　한심하고 한심하신 나의 어머니
　　세상의 놀이 헛되고 헛됨을 말씀하십니다
　　돌아와 손 씻고 좌정하고
　　 '겨울 산이라도 바라볼 일이다

겨울 강이라도 짚어볼 일이다'
지극하고 지극하신 말씀입니다
아, 그러나 나는 끝내
이 세상 뜬 놀이에 마음을 잃어
어머니 말씀 귓전으로 흘립니다

— 〈풍선 놀이 2 — 십자가 37〉에서

위의 시에서는 세상의 허망한 놀이에 골몰해 있는 나와, 그러한 나의 태도를 한심하게 여기는 어머니가 대립된다. 어머니는 풍선 놀이와 같은 지상에서의 삶이 헛되고 헛된 것임을 통찰하고 있다. 어머니는 돌아와 손 씻고 좌정하는 정결함과 고요함의 정신세계이다. 그 세계는 산을 바라보거나 강을 짚어보는 두 갈래의 길을 통해서 도달할 수 있다. 즉 산처럼 고고하게 높아지거나 강처럼 유연하게 낮아지는 것이다. 그 세계는 스스로 타오르거나 허상에 마음을 잃고 마는 몰입의 세계가 아니다. 그것은 냉정함과 관조의 객관적 거리를 확보하는 차가운 겨울의 세계이다. 그러나 시인은 어머니가 보여주는 지고지순한 초월의 세계에서도 일정한 거리를 두고자 한다. 세상의 놀이가 헛되다는 어머니의 말을 지극하신 말씀으로 생각하지만 나는 "귓전으로 흘"린다. 절대적 초월의 세계나 어머니의 삶인 지향해야 할 본원적 가치라 해도 세속의 땀과 눈물과 노동과 유희를 사랑할 수밖에 없는 인간의 존재 방식을 이야기하면서 세속과 초월, 욕망과 그로부터의 해탈, 과거와 미래, 딸과 어머니 세계 사이에서 중심의 거리를 유지하고자 하는 시인의 내적 의지를 보여준다.

3. 몸으로 부딪치는 역사와 현실 인식

보아요

우리들이 떠나온 그날로부터
숯불 같은 산하를 맨발로 걸어온
40년의 광야
아직은 가나안 바깥 어둠이지만
(중략)
바람 부는 벌판에 장대로 서서
한 시대 어둠을 허물어내요
두 팔에 집채 같은 밤을 함께 안아요
어디서나 우리들의 언어(言語)는 빛이었어요

—⟨사는 법(法) 6⟩에서

⟨사는 법(法) 6⟩은 몸으로 부딪쳐서 고난과 비극으로 점철되어 온 역사를 체화시켜 가는 적극적 현실 인식을 보여주는 시이다. 시인은 한반도의 역사를 "숯불 같은 산하를 맨발로 걸어온 40년의 광야"에 비유한다. 맨 살갗에 와 닿는 뜨거움으로 죽음에 가까운 고통을 절절하게 느끼게 하는 부정적인 불이지만 동시에 커다란 불을 피우기 위한 불씨의 역할을 하는 것으로 결국엔 집채 같은 밤, 한 시대의 어둠을 허무는 긍정적 불이기도 하다. 역사를 온몸으로 부딪쳐가려는 시인의 태도는 신체어의 사용으로 확연히 드러난다. '맨발', '눈부신 이마', '두 팔' 등의 신체어는 '눈부신 이마'에서 상징되는 지성, '맨발'과 '두 팔'로 상징되는 노동과 투쟁의 의지를 보여준다. 억압의 현실 앞에서도 꼿꼿하고 냉철하게 의식을 지켜나가야 함을 바람 부는 벌판에 서 있는 장대라는 비유로 나타낸다.

나는 몰라
한겨울 얼어붙은 눈밭에 서서
내가 왜 한 그루 포플러로 변신하는지

내 나이 스무 살 적 여린 가지에
분노처럼 돋아나던 푸른 잎사귀
바람에 귀 앓던 수만 개 잎사귀로 피어나는지

흥건히 아랫도리 눈밭에 빠뜨린 채
침몰하는 도시의 겨울 일각(一角)

가슴 목 등어리 난타하고
난타하고 등 돌리고 철수하는 바람
바람의 완강한 목덜미 보며
내가 왜 끝내 한 그루 포플러로
떨고 섰는지

모든 집들의 창은 닫히고
닫힌 창 안으로 숨들 죽이고
눈물도 마른 잠에 혼불 끄는데

나는 왜 끝내 겨울 눈밭에
허벅지 빠뜨리고 돌아가지 못하는
한 그루 포플러로 떨고 섰는지

―〈겨울 포플러〉 전문

　위의 시에서 포플러는 자아의 삶이 투사된 객관적 상관물이다. 화자의 현실은 시간적으로 '한겨울'이고, 공간적으로 '침몰하는 도시'로 구체화된다. 현실의 부정성은 '완강한 바람'으로 상징되는데, 이 바람에 대한 화자와 타자들의 행위가 대립적으로 나타나고 있다. 타자들이 집 안의 공간에서 창을 닫고 숨을 죽이고 혼불을 끄고 있다면, 화자는 집 밖의 공간인 얼어붙은 눈밭에 서서 '푸른 잎사귀'를 피워내고자 한다. 즉 현실에 대하여 '분노'로 대항하는 것이다.

그러나 화자가 포플러가 아닌 거대한 나무들을 발견할 때 화자의 현실에 대한 태도는 변화를 보이는데 그 나무들을 통해서 '사는 법'을 배우게 된다.

> 치근치근히 곱지도 못한 뿌리를
> 펴온 나무들
>
> 잎마다 가지마다 바람과 비와 우뢰(雨雷) 같은
> 그러한 고난(苦難)에 찌들고 주름 잡혔음에도
> 애써 위로 위로 하늘이 그리울사
> 뻗어 오른 잎이며 가지며
> 모두 다 무수한 그날을 견뎌왔음에야
>
> ─〈일몰(日沒)〉에서

나무는 세월을 응축시킨 대상물이다. 나무뿌리의 길이와 나무껍질의 두께는 그 시간의 길이를 상징한다. 위의 시에서 바람·비·우뢰(雨雷)로 구체화된 고난의 현실을 나무는 견딤과 '인종(忍從)'으로 극복한다. 나무의 생명의 근원은 뿌리에 있다. 나무는 "스스로 내릴 뿌리의/흔들 수 없는 무게"(〈사양의 시간〉에서)를 지탱해야 하는 존재이다. 따라서 그 견딤과 인종의 세월이 바로 나무의 '연륜이 되는 것이다'.

나무는 그 자체 내에 대립적인 두 가지 공간 지향성을 함축하고 있는 존재이다. 가지는 하늘을 향한 상승 지향성을 보이며, 뿌리는 땅을 향한 하강 지향성을 보인다. 그러나 나무는 튼튼한 뿌리가 없이는 여름이 와도 무

성한 잎들을 매달 수 없다. 이렇듯 인간의 삶도 고난을 인종하는 세월이
없이는 고고함을 결코 획득할 수 없다는 진리를, 화자는 나무를 통해서 배
우고 있다.

> 잠자는 법 눈뜨는 법
> 걸음 걷는 법
> 하루에 열두 번도 하늘 보는 법
> 이를 빼고 솜 한 뭉치 틀어막는 법
> 한 근씩 살 내리며 앓는 법 배워요
> 눈물의 소금으로 손바닥 절이며
> 열 손가락 손톱마다 동침 꽂고 손 흔드는
> 이별법도 배워요
> 입술 꼭꼭 깨물며 눈으론 웃고
> 목구멍 치미는 악 삼키는 법 배워요
> 가슴 터져나도 천 리(千里) 긴 강물 붕대로 감고
> 하루에 열두 번씩 죽는 법 배워요
>
> ─〈사는 법(法) 1〉 전문

이제 화자는 생존의 원초적인 단계로부터 삶의 통찰에 이르기까지 사
는 법을 다시 배운다. 눈물은 물기와 소금기로 이루어져 있다. 소금, 동침,
악의 차가운 금속성과 날카로운 단절성이 죽음의 의미항을 이룬다면,
물·웃음의 부드러움과 지속성은 삶의 의미항을 형성한다. 이때 화자의
통찰은 바로 삶이란 죽음 속에서 잉태된다는 것이다. 따라서 '사는 법'은
'죽는 법'을 제대로 배울 때 저절로 알게 된다.

> 날지 못할 날개는 떼어버려요

지지 못할 십자가는 벗어놓아요
오 척 단신 분수도 모르는 양심에 치어
돌아서는 자리마다 비틀거리는
무거운 짐수레 죄다 비우고
손 털고 돌아서는 빌라도로 살아요
상처의 암실엔 침묵의 쇠 채우고
죽지 못할 유서는 쓰지 말아요
한 사발의 목숨 위해
날마다 일심으로 늙기만 해요
형제여 지금은 다친 발 동여매고
살얼음 건너야 할 겨울 진군
되도록 몸은 작게 숨만 쉬어요
바람 불면 들풀처럼 낮게 누워요
아, 그리고 혼만 깨어 혼만 깨어
이 겨울 도강(渡江)을 해요

—〈사는 법(法) 2〉 전문

위의 시에서 날개 · 십자가 · 양심 · 짐수레 · 상처 · 유서 등은 삶의 공간을 채우는 항목들이며, 그것들은 무거움의 이미지를 갖는다. 그리고 지금은 "살얼음 건너야 할 겨울 진군"의 시간이다. '살얼음'과 같은 어려운 현실에서 삶은 곧 목숨과 동일시되고, 목숨은 '몸'과 '혼'을 분리시킨다. 이때, 현실을 극복해 나가기 위해서는 무거움의 이미지인 몸은 '작게' '낮게' 지양되고, 가벼움의 이미지인 혼의 중요성은 상대적으로 확대된다. 그것은 바로 무성한 잎의 무게를 모두 떨구어내고 뿌리만으로 이듬해 봄을 기약하는 나무들의 겨울나기와 같은 이치이다.

4. 바람을 통한 몸과 집의 해체

홍윤숙 시의 출발점은 타관 의식에 있다. 지금 존재하고 있는 이 세계가 외지라는 인식 속에는 '떠나온 집', '빈집' 등이 선험적으로 존재한다. 이때의 빈집ㆍ폐가 등은 일상의 집으로만 머무는 것이 아니라 곤핍하고 메마른 자아를 의미하며 이러한 자아의 해체를 통해 보다 크고 초월적이며 평안한 원형의 세계로의 회복을 꿈꾸고자 한다. 시인은 항상 과거와 현재, 고향과 새로운 미지의 세계, 세속과 초월의 중간항인 길에 머무른다. 길에는 '바람'이 항상 불어온다. 시인에게 있어 바람은 두 가지 속성을 지니며 시에서 광범위하게 나타난다. "청동빛 바람" "혈맥 같은 바람"으로 생명의 씨앗들을 틔우고 이어주는 긍정적인 바람이면서 동시에 겨울 황량한 벌판의 바람은 "살과 혼을 해어지게 하는" 극렬한 해체의 바람이다. 이러한 바람의 이중성은 시의 전편에 드러나면서 시인의 몸과 마음을 해체시키고 그것은 안식과 평안을 담은 집의 해체까지 확산되어 간다.

뒤져보아도
숱한 기억의 서랍 속엔
부러진 바늘 한 개 남지 않고

망가진 목발을 기워 맬
한 조각 헝겊도 없다
한쪽으로 기울며
서서히 가라앉는
어둠 속의 집
신의 얼굴 같은 거대한 하늘도
그 지붕 위에 와선
황폐하게 마른 갯벌이 되고

지금은 생각도 나지 않는

왕도(王都)의 옛 모습

　　　　　　　　　　　　　　　—〈폐가(廢家) 2〉 전문

　　세계에 대한 부정적 인식을 보여주는 '폐가' 연작 시편들은 일상의 생기와 삶의 비린 욕망들을 잃어버린 채 죽음과 파멸로 침몰해 가는 집 이미지들을 보여준다. 일상의 집은 지상의 마을에 곧추서서 안식과 노동, 세속과 초월 사이에서 균형 상태를 유지하며 네 기둥으로 곧게 서 있어야 할 집인데 시 속에 나타난 집은 "한쪽으로 기울며/서서히 가라앉는/어둠 속의 집"이다. 집의 지붕 위에 내려앉는 하늘도 새를 품고 생명의 더한 온기를 담아내는 '거대한 신의 얼굴'이 되지 못하고 '황폐하게 마른 갯벌'이 된다. 천상의 하늘이 지상의 바다가 되고 다시 물기를 잃은 갯벌로 화하는 과정에는 전도된 공간 의식이 숨어 있다. 이렇듯 집을 허물어뜨리고 하늘을 죽음의 갯벌로 만드는 상상력의 중심에는 사멸과 풍화의 바람이 놓여 있다. 바람은 이미 집을 떠나와서 기억으로 반추하고 있는 화자의 현재에까지 영향력을 발휘하며 따라온다. 화자는 따뜻한 안식과 평안의 내밀한 공간으로 집을 추억하고자 하지만 아무리 뒤져보아도 '기억의 서랍' 속엔 부러진 바늘이나 헝겊 나부랭이도 존재하지 않는다. 집은 작게는 화자의 존재를 나타내는 은유이면서 동시에 "지금은 생각도 나지 않는 왕도(王道)의 옛 모습"이라는 지시틀에 의하여 '도읍지', '도시'라는 일련의 공간적 지형으로 확산되어 간다. 그것은 젊은 날의 정염과 방황 속에서 내밀한 공간을 상실해 버린 화자의 헐벗은 영혼을 의미하면서 번성하였으나 이제는 죽음과 상실만이 남은 중세의 도읍지인 것이다.

　　그로부터 하늘은

　　날마다 허무하게 넓어가고

거세된 꽃들은

개화의 꿈도 없이 죽어갔다

끝내 추억과 비원으로 살을 지지며

지상의 한끝 실락의 현장에 나는 닿았다.

황량한 법정의 번호 없는 피고

여기서 나는 비로소

한 주일의 엿새를 탕진하고

나머지 하루에 목숨 빨아

햇볕에 너는 법 새로 배운다

하얗게 소금으로 남는 법 처음 배운다

바람아 비켜서

비켜서 목숨 끝에 걸린 해

흔들지 말아

시방 나는 혼신으로 줄을 타는 낙하 직전의 어둠

─〈바람아 2〉 전문

〈바람아 2〉는 여행의 시발점에서 출발하여 지상의 끝에 다다라 경험하는 의식의 확장과 고양을 보여주는 시이다. 첫 부분에서 화자와 시 속의 모든 사물들은 수평적으로 이동하다가 마지막 부분에서는 '낙하'를 인지할 정도의 깊이와 높이를 체험한다. 공간의 이동과 확장 등의 변이 양상이 시인의 의식의 고양과 맞물려 나타나고 있는 것이다.

언제인가 확실히 나타나 있진 않지만 '그로부터'라는 한 시점에서 여행은 시작된다. 여행의 동기는 '날마다 허무하게 넓어가는 하늘', '개화의 꿈도 없이 죽어가는 거세된 꽃들'처럼 자아가 온전히 죽음과 허무 의식에 붙잡혀 있기 때문이다. 추억과 비원의 고통 속에 화자가 다다르는 곳은 지상의 끝 지점이다. 이곳에서 비로소 자아 발견이 시작된다. 자아를 나타내는 은유인 '황량한 법정의 번호 없는 피고'나 '줄을 타는 낙하 직전의 어둠'은 삶의 궁벽한 지경의 끝에 몰리어 육신과 욕망을 해체해 버린 상태에서 비로소 삶을 관조하는 법을 배워가는 시인의 정신적 상태를 보여준다.

여기서 화자는 해체를 통한 자아의 응결과 건조를 체험한다. 바람은 자아를 산산이 해체시키고 생의 열망과 정념들을 제거하여 **빳빳하게** '마른 빨래'가 되게 하거나 '하얀 소금'으로 남게 만든다. 자아의 내적 고통이 순금의 소금으로 응결되기까지에는 물과 불의 이중적 작용이 숨어 있다. 물이 삶의 비리고 젖은 속성, 고통의 원인이 된다면 '목숨 끝에 걸린 해'는 그 안에 내재된 불의 속성으로 물기를 말려서 존재를 응결시킨다. 이러한 불의 힘으로 시인은 처음으로 삶을 관조하는 법을 배운다. 소금은 여름날의 부패를 막는 순백의 결정이며 여기서는 화자의 영혼을 나타낸다. 그러나 이 와중에도 파멸과 풍화의 바람이 남아서 해를 가리고 흔들기 때문에 시인은 결연한 의지로 바람에게 '흔들지 말아'라고 소리친다.

시인의 상상력의 중심엔 바람과 길, 집이 긴밀하게 결합되어 있다. 바람이 존재하는 황량한 광야를 헤매는 시인은 끊임없이 '집'을 꿈꾼다. 집은 우선 북방의 거세고 매운 바람, '살과 혼을 해어지게 하는 바람'으로부터 자신을 보호하고 긴장으로 곧추선 의식을 편안히 풀고 가다듬고 성찰하게 하는 내밀의 공간이다. 그 공간에는 옛날 가슴을 따사롭게 했던 가족과의 이야기가 있고, 추억이 서리서리 감겨 있기도 하다. 길 위에 서 있는 시인은 이러한 집짓기의 꿈을 통하여 길의 고통을 인내한다.

입동이 오는 밤
육십 촉 알전등에 김이 서리고
사마리아 여자의 겨울 꿈이 춥다
얼어붙은 영하에도

눈 감고 지어보는 집이 있어

홀로 물을 푸고 자갈밭 일구고

푸르던 여름날 숲을 찍어 벽을 쌓는다

창가에 아이비 덩굴 올려 축복을 빌고

새 한 마리 찾으러 산길 헤매다

헤매다 눈을 뜨면 밤은 이승 끝

벌판에 바람 소리, 집은 간 데 없고

종점 어디엔가 버려진 나를 본다

무수한 산을 넘던 여름날이 보인다

깨진 무릎에 말라붙은 흙

선명한 꽃으로 되살아나고

수없이 기워낸 신발의 뒤축도 눈물로 핀다

등불을 끄고 돌아누우면

칠흑으로 에워싸는 오전 두 시의 영원

무겁게 가라앉는 영혼의 선체

죽음도 그처럼 평안히 올까

—〈입동(立冬)〉에서

　일상에서 집을 찾을 수 없는 사마리아 여인은 꿈을 통해서 집을 짓고자
한다. 영하이 겨울날 꿈속에서 그리는 집은 푸르고 생명력으로 들썩이는
여름날 숲에서 시작한다. 그 집은 자연의 집이며 생명의 열기와 축복이 가
득한 우주의 중심에 해당한다. 그러나 잠에서 깨어난 시인에게는 '벌판에
바람 소리만 가득하거나' 수없이 길을 헤매는 빈자(貧者)의 '수없이 기워
낸 신발 축'만 보인다. 끝없이 오지(奧地)를 헤매는 시인의 타관(他關) 의
식은 '오전 두 시의 영원'이라는 표현 속에 잘 나타나 있다. '두 시'라는
시간은 평화와 질서를 잃어버리고 칠흑 같은 허무와 피로만이 에워싸서

더 이상의 욕망이 남지 않은 인간의 존재 조건을 의미한다. 그러나 시 속에 나타나고 있는 집은 세속의 집이 아니다. 그것은 시인이 이미 '육십 촉 알전등에 김이 서리는 집'에서 등불을 끄면서 '돌아눕는다'라는 이중적 언술 속에 드러나 있다. 시인은 이미 길을 떠나와 일상의 집에 머물면서 방황과 번민으로 점철된 젊은 날의 여정을 관조하는 거리(距離)의 시선을 지닌다. 이때의 집은 단순히 안식과 평안의 집으로 머물지 않고 인간이 추구하는 절대 무구의 세계, 초월의 공간이 된다.

> 한 생애 '걷는 것밖에는 믿을 것이 없었던'
> 고독한 피의 내림
> 그것은 잠들 수 없는 자의 눈물이었다
> 보이지 않는 제 얼굴을 찾아
> 들쥐처럼 헤매던 광야의 밤
>
> ─〈지명(知命)의 겨울 5〉에서

> 사랑아, 너와 나 지금은 먼 길에
> 떠도는 나그네이지만
> 떠도는 그 길이 바로
> 생애를 걸어서 돌아가는 집임을
> 꿈속에도 가고 있는
> 우리들의 집임을
>
> ─〈우리들 잠 속엔〉에서

> 생병이나 옮아 앓다
>
> 문 닫고 돌아앉아

제 손톱이나 저미다
손톱 속의 때나 밀다
단 하나 남은 이
이나 빼러 갑니다
이라도 빼러 갑니다

—〈이를 빼러 갑니다〉에서

길 위에서 서 있는 시인의 태도는 세 가지 양상으로 드러난다. 〈지명(知命)의 겨울 5〉에서 자신의 여행을 "걷는 것밖에는 믿을 것이 없었던/고독한 피의 내림"으로 운명적으로 세계를 떠돌아다니는 유이민의 후예로서 피할 길 없는 운명으로 인식하고 그것을 자각한 슬픔의 힘으로 길을 찾아 떠나려 한다. 그와 반대로 〈우리들 잠 속엔〉에서는 언젠가 길 끝에 진정한 평안을 열어주는 집이 있을 거라는 기대와 희망으로 길 위에서의 삶을 인정하려 하며 〈이를 빼러 갑니다〉에서는 자신의 손톱을 저미고 이를 빼는 등의 자해와 신체적 고통을 통해서 삶이란 어차피 세계의 고통과 비의를 자기 몸으로 끌어들여 옮겨 앓는 것이라는 인식을 보여준다.

5. 아름다운 거리 두기와 집짓기의 시학

길에서 극렬한 자기 해체와 고통을 맛보고 그로 인한 의식의 고양을 경험하는 시인은 점차 생이 보여주는 진실과 비의로 다가간다. 삶은 자아와 세계 사이의 끝없는 대립과 불화의 연속이라는 부정적 세계 인식에서 출발한 여행은 겨울의 황량한 바람, 봄의 불의 오지, 여름의 무더위를 견디고 가을이 되면서 귀향의 꿈으로 마무리되기 시작한다.

그 집은 사방으로 눈부신 뜰을
열어놓고 있었다

어디서나 환히 길을 잡는
탑(塔)이었다

멀리 바라보면 선명한 문(門)이다가
가까이 다가서면 희뿌연 벽(壁)

(중략)

내가 어둠 속에 있을 때
그 집은 찬란한 빛이더니

내가 빛 속에 들어갔을 때
집은 어둠 속에 묻혀버렸다

—〈속(續)·주일미사(主日彌撒)〉에서

화자는 집을 찾아간다. 바다를 항해하는 배를 위해 뱃길을 밝혀주는 등대와 같이, 그에게 집은 삶의 방향을 잡아주는 탑, 즉 이정표와 같은 존재이다. 그러나 시인이 궁극적으로 지향하고자 하는 집은 이중적 의미를 갖는다. 그것은 문이면서 벽이 되고 빛이기도 하지만, 어둠이기도 한 이율배반적 속성을 지닌다.

방은 밖으로 잠겨진 생활(生活)의 억류처(抑留處)
밀폐(密閉)된 시간(時間)의 수많은 날개들이
필사의 탈출을 꾀하는 의식(意識)의 구멍

—〈방(房)〉에서

위의 시에서, 집에 딸린 여러 공간 중의 하나인 방은 부정적으로 인식된다. 방은 밀폐와 억류의 공간이며, 방에 갇힌 육체의 부자유는 화자의 의식까지도 억압하게 된다. 더구나 그 방은 밖으로부터 잠긴 것이기에 억압의 강도는 더욱 크게 느껴진다. 따라서 화자는 이 방의 공간으로부터 필사의 탈출을 꾀한다. 그것은 집 안으로부터 집 밖으로의, 어둠으로부터 빛으로의 탈출을 의미한다.

그러나 "빛바랜 타관의 외등 하나/이제 오디빛 어둠 되어/앞산 골짜기 한 덩어리 어둠으로/돌아와 엎드린다/(중략)/이마에 손 짚고 바라보는 시온의 성/잿빛 일몰의 저녁 별 하나/구름에 가려 깜박이는데"(《귀로─약력(略歷) 9》에서)라는 구절에도 나타나듯이, 막상 화자가 집 또는 방의 공간으로부터 빛을 찾아 외부 공간으로 나가게 되었을 때, 그 외부 세계는 더 이상 빛의 공간이 아니다. '타관의 외등'은 그 순간 '어둠'으로 변해 버린다. 그리고 타관으로서의 낯선 세계에서, 어둠 속에서 화자는 다시 빛의 공간을 탐색하는데, 여기에서 그 빛은 '시온성'과 '저녁 별'로 형상화된다. '시온성'은 집의 이미지를 갖는 사물이며 별은 잿빛의 어둠을 배경으로 할 때 더욱 빛을 발한다. 이것은 화자가 추구하는 집이 생활공간으로서의 집일 뿐만 아니라, 의식의 공간으로서 종교적 귀향처에까지도 확대되고 있음을 보여준다.

어둠 속에서 뽑힌 사람들이 줄지어 걸어 나와
순결한 얼굴로 무릎 꿇었다

그러면 갑자기 거기만 동그랗게 불이 켜지고
그 밖은 캄캄한 어둠으로 변했다

빛이 도려내는

차가운 가위질

나는 어둠 속에 혼자 남아
문득 두터운 빛의 유리 벽(壁)을 보았다
　　　　　　　　—〈주일미사(主日彌撒)〉에서

　선택된 순결한 사람들만이 이 어둠의 세계로부터 빠져나와 빛의 세계
속으로 들어갈 수 있다. 빛은 어둠과 대립함으로써 스스로를 더욱 견고하
게 구축한다. 빛이 어둠에게는 하나의 '벽'으로서 기능한다.

　가을
　우주의 황혼이 오고

　지구가 황금의 추억으로
　술렁거릴 때

　넣어둘 집이 없는
　마음 하나

　광야를 헤매는
　바람의 끝도 보았습니다

　땀과 눈물 소금으로 버캐 낀
　순금의 소금밭 겨울 오지(奧地)

　문득문득

하늘로 가는 길도 보이는 아침
하느님

늦은 날에 떠주신
물 한 그릇
서천(西天)의 나날이 그 안에 넘칩니다
— 〈지난 여름 야영(野營)은 2〉 전문

시인은 가을을 '우주의 황혼'으로 인식한다. 정념과 고통의 불길을 잠재우고 내면으로 집중해 들어가는 가을이 되면서 시인은 "광야를 헤매는 바람의 끝"을 보게 된다. 그것은 고통이 기쁨에 닿아 있고, 땀과 눈물 소금으로 버캐 낀 겨울 오지(奧地)가 '순금의 소금밭'이었다는 대립의 초극에서 비롯된다. 대립을 벗어나 다사로운 감싸 안음을 통해 마음과 몸을 회복한 시인에게 비로소 '하늘로 가는 길'이 보이고 늘 비어서 목마르게 하던 영혼의 그릇에도 '서천의 나날'이 넘쳐나게 된다. 그러나 그것이 섣부른 화해와 긴장감 없는 초월로 머무르지 않은 것은 "땀과 눈물 소금으로 버캐 낀" 삶의 오지를 헤쳐온 인고와 노동 때문이며 그러한 의식의 고양이 절대자에게 의존적인 태도를 통해서가 아니라 "늦은 날에 떠주신 물 한 그릇"으로 표현되는 초월도 고통과 수고를 다한 자의 몫이라는 삶을 바라보는 진지함과 냉철함이 시적 인식을 뒷받침해 주고 있기 때문이다.

황량한 겨울이 와서
한 자쯤 눈이 내려
길이 묻힐 때

바람이 습관처럼

거리를 유랑(浮浪)하고
벗은 지붕들이
숨죽여 이마를 마주 댈 때

어디선가
사랑이
만조(滿潮)의 배를 타고
눈길을 온다

—〈겨울, 사랑의 일기(日記) 2〉에서

그리고 겨울의 고립과 고독 속에서 고난과 역경을 상징하는 바람이 거
셀수록, 바람에 의해 헐벗을수록 그 속의 존재들은 지붕들이 이마를 마주
대듯이 서로의 소중함을 실감한다. 그 속에서 사랑이 싹튼다. 즉 사랑은
길이 없는 길에서 시작하고, 이 "사랑은/내가 내 생애(生涯)를 걸어서/도
착하는 집이다"(〈겨울, 사랑의 일기(日記) 3〉에서).

돌아가야지
전나무 그늘이 한 겹씩 엷어지고
국화꽃 한두 송이 바람을 물들이면
흩어졌던 영혼의 양 떼 모아
떠나온 집으로 돌아가야지
가서 한 생애 버려뒀던 빈집을 고쳐야지
수십 년 누적된 병인을 찾아
무너진 담을 쌓고 창을 바르고
상한 가지 다독여 등불 앞에 앉히면
만월처럼 따뜻한 밤이 오고

내 생애 망가진 부분들이
수묵으로 떠오른다
단비처럼 그 위에 내리는 쓸쓸한 평화
한때는 부서지는 열기로 날을 지새고
이제는 수리하는 노고로 밤을 밝히는
가을은 꿈도 없이 깊은 잠의
평안으로 온다
따뜻하게 손을 잡는 이별로 온다

—〈가을 집짓기〉 전문

　길 위에서 헐벗었으나 마음과 몸을 되찾기 시작한 화자는 돌아감―귀
가를 시작한다. 떠남이 일상의 집을 허물고 버리는 데서 시작했기 때문에
귀가는 빈집을 새로 짓고 고치는 노동과 수고에서 시작된다. 성찰과 내면
응시의 시간인 가을에 귀가가 시작되고 있는 점도 주목할 만하다. 더 이상
화자는 새로운 집을 찾아 떠나지 않는다. 그는 이제 집을 향해 돌아가고
있다. 그 집은 화자를 억류하는 밀폐의 공간이 아니라 그가 버려둔 '빈
집,' 즉 열린 공간이다. 그러나 열린 공간은 이제 화자에게서 지양의 대상
이 되고 있다. 역으로 담과 창이 그 안에 등불을 형성해 낸다. 그의 외부
세계에서의 삶은 빈집, 누적된 병인, 무너진 담, 상한 가지, 망가진 생애로
인식된다. 이는 곧 어둠이고 밤이다. 달이 캄캄한 어둠 속에서 더욱 밝은
빛을 발할 수 있듯이, 추운 밤에 집으로부터 새어 나오는 등불은 더욱 따
뜻하다. 상처의 원인을 찾아 치유하고 집을 고쳐 귀가한 시인에게 드디어
진정한 안식과 평화의 시간이 오며 그것은 황량한 바람과는 대립되는 촉
촉한 단비라는 물기를 동반한다. '부서진 열기'로 대표되는 방황과 번민
으로 인한 불면의 밤을 지새우는 자에게 오는 평화와 안온함이 시의 전면
에 흐르고 있다.

바람은 서서히 운명해 가고
곤두서던 치욕의 가시도 목을 넘기고
어느덧 물 같은 나이
새파랗게 불을 켜던 강변의 한(恨)들을
하나씩 소등했다

출렁이며 가라앉는 흑백의 수면 위에
비로소 떠오르는 지명(知命)의 얼굴
구멍 난 영혼의 성벽 위에
오늘은 유서처럼 펄럭이는 기를 꽂는다
내 생애 바치는 평화의 항서(降書)
이제야 따뜻하게 옷을 벗는 허무를 만나
아름다운 거리(距離)로 손잡는다
그리고 다시 처음부터
마지막 사랑의 동행을 시작한다

—〈지명(知命)의 겨울 5〉에서

　이 시는 나이가 들면서 하늘의 명, 생의 비의를 깨달아가는 자아의 아름
다운 거리와 동행의 시학을 잘 보여주고 있는 작품이다. 나이가 들면서 시
적 자아는 세상을 폭넓게 받아들이고 흡인하는 물이 되어간다. 불같이 가
슴에 치닫던 정한들을 소등하고 비로소 '지명(知命)'하게 된 자아는 그제
서야 허무와 죽음·고통 등이 대립적이고 투쟁해야 할 요소가 아니며, 아
름다운 거리로 손을 잡으며 화해하고, 한 생을 사랑으로 동행해야 할 요소
임을 깨닫게 된다. 시인의 시가 생의 아픔과 고통에 그대로 노출되어 있지
않고 격조와 관조적인 시선으로 생에 대한 경외와 진지한 성찰의 태도를
잃지 않는 것은 대립을 넘어서서 삶에 대한 아름다운 거리의 설정과 동행

에의 의지를 보여주는 데서 연유한다.

6. 맺음말

안정과 중심을 찾기 위해 끊임없이 방황하는 타관 의식, 질펀한 여름날의 갈등을 거쳐 비로소 담담해지는 가을날의 평화, 홍윤숙의 시에는 체화된 거리 의식이 절제에 의해 자리 잡음으로써 시인 특유의 성숙된 의식을 보여준다. 시인은 여성의 삶에 일견 부정적인 것으로 인식되기 쉬운 일상성의 반추를 통해 자기 연민이나 현실 안주가 아닌 부재를 메우고 긍정적으로 전환시켜 나가는 생의 성찰과 지혜에 이르고자 한다.

시인은 여성의 삶이 비극적 역사나 사회의 모순과 결코 무관하지 않음을 몸으로 부딪쳐 체험하는 사람만이 느낄 수 있는 절절하고 질박한 현실 의식을 시에 담아내고 있다. 이러한 시각은 문화나 역사 변두리로 늘 소외되어 왔던 여성들의 의식을 감수성의 자극이 아닌 반성에 의한 지적 충격으로 일깨우고 있으며 기존의 여성 언술에 새로운 가능성을 열어주고 있다는 점에서 높이 평가할 만하다.

또한 바람의 작용을 통한 몸과 집의 해체를 보여주는 독특한 시적 발상은 이후 '죽음에 붙잡힌 여성 이미지'를 통하여 몸의 해체를 통한 남성 중심의 주류 질서의 전복을 꿈꾸는 강은교, 최승자, 김혜순 등으로 일련의 계보를 형성해 가는 여성시의 중요한 시적 원천이라 할 수 있다.

문체적 특징으로는 시의 종결어로 '하고 있다', '스며들다', '본다' 등의 객관화된 어법이 자주 사용되어 대상과의 균형 잡힌 거리 위에 삶과 우주에 대한 성찰을 하는 관조적 태도와 긴밀히 호응한다. 그녀의 시에 나타나는 중심 이미지는 '나무', '집', '바람', '소금' 등이다. '나무'는 대지 위에 굳건히 뿌리를 내리면서도 하늘을 향한 상승과 초월의 꿈을 지닌 여성적 생명력의 원천으로 나타나며, '소금'은 욕망과 번민으로 질펀한 일상의 부패 가운데서 인간의 영혼을 정제하고 응결시키는 순수물질이다.

'바람' 은 '청동빛 바람', '혈맥 같은 바람' 이면서 동시에 '몸과 영혼을 해어지게 하는 바람' 으로 생성과 소멸이라는 이중적 성격을 지니며 타관에서 헤매는 시인에게 고통의 원인이자 동시에 고독한 자기 응시의 시선을 갖도록 단련시키는 구실을 한다. '집' 은 유폐와 억압의 공간으로 그것을 버리는 데서 시적 여정이 시작되는데 길 위에서 얻은 의식의 고양으로 귀가하여 새로운 집을 짓는 회귀의 체험을 보여준다. 마지막으로 다시 '집 짓기' 를 하는 시인의 모습은 비로소 얻은 안식과 평안도 노동과 수고를 다한 자의 몫이라는 깨달음과 맞물린다.

결론적으로 홍윤숙 시의 미학은 아름다운 거리 두기와 집짓기의 시학에 있다고 보여진다. 대상과의 섣부른 화해가 아닌 길고 긴 불면의 밤과 내면 응시를 통해 이루어진 거리는 대립의 초극이며 일상성에 대한 고찰을 넘어서 우주의 흐름까지 관조하는 시인의 연륜이다. 오랜 세월, 번민과 고통 속의 방황을 갈무리하고 비로소 내밀한 자신의 세계를 구축하기 시작한 이 성실한 영혼은 거리를 통해 사물을 보는 것이 아름답다는 것을 깨닫고 그 거리의 틈새에다 자신의 집을 푸르게 지어 올리고 있다.

비탈을 껴안는 교목(喬木)의 생(生)
—홍윤숙 시인의 삶과 문학

엄경희 문학평론가 · 숭실대 및 이화여대 강사

1. 생을 관통하는 세 겹의 고통

한 생애가 지나온 길을 완벽하게 기술한다는 것은 불가능한 일이다. 수많은 세월의 주름과 갈피에서 생성되는 드라마를 낱낱이 펼쳐 보인다고 해도 그 삶의 무게를 고스란히 드러낼 수는 없다. 이는 인간이 육체의 생멸만으로 해석될 수 없는 복잡성을 지닌 존재라는 사실 때문이며, 이와 더불어 한 존재가 생을 가동시킨다는 문제는 오로지 개인의 육체적 · 정신적 힘만으로 이루어지는 것이 아니라 삶의 울타리를 만드는 외적 힘이 개인의 내부와 서로 유기적으로 작용하는 가운데 이루어지기 때문이기도 하다. 모든 생의 기록이 어느 정도의 유실을 감내해야 하는 까닭이 여기에 있다. 이 짧은 지면을 통해서 조명될 홍윤숙 시인의 생애 또한 그의 삶의 무게에 비한다면 상당 부분을 유실한 채 몇몇 편린과 흔적을 좇는 것에 불과할 것이다.

이러한 어려움을 앞세워 가면서 홍윤숙의 삶의 궤적을 탐색해 보고자 함은 시인으로서, 지성인으로서, 종교인으로서 그가 구축해 온 생애와 문학이 결코 간과할 수 없는 문학사적 의의를 내포하고 있기 때문이다. 홍윤숙은 우리에게 잘 알려진 것처럼 1947년 〈가을〉을 《문예신보》에 발표한 이래 한결같이 시쓰기에 골몰해 오면서 열 권이 넘는(15권) 시집을 간행하였다. 뿐만 아니라 수필, 희곡, 시극(詩劇) 등 다른 장르에도 관심을 보여왔다. 그러는 동안 그의 문학 생활은 오십 년이 넘었다. 그의 시는 몇몇 평자에 의해 과거 감상 위주의 한국 여성시의 흐름에서 벗어나 냉철한 지성과 감정의 절제를 보여주고 있으며, '인식'으로서의 시의 가능성을 드러냄으로써 여성시의 새로운 지평을 열었다는 평가를 받아왔다.* 이처럼 홍윤숙의 풍성한 문학적 업적은 양과 질에 있어 우리 문학사에서 큰 비중을 차지함에도 불구하고 여성 문학을 폄하해 왔던 우리 문학 풍토 속에서 소홀히 다루어져 온 것이 사실이다. 그의 시세계만이 아니라 생애에 대한 관심 또한 마찬가지이다. 따라서 이 글은 미력하나마 홍윤숙의 문학에 비중 있게 작용했을 것으로 여겨지는 몇몇 사건들을 통해서 그의 삶의 지형도를 그려보고자 한다.

홍윤숙의 연보와 시, 산문 등을 일별해 보면 홍윤숙의 삶을 형성하고 있는 요인은 크게 세 가지로 요약된다. 첫째는 딸, 아내, 어머니 등 가족의 일원으로 역할하면서 그가 겪어야 했던 여성으로서의 삶이며, 둘째는 역사의 비극을 감내해야 했던 개인으로서의 삶이다. 그리고 마지막은 소멸의 자명함을 받아들여야 하는 실존인으로서의 삶이다. 이 세 가지 형태의 삶은 서로 분리된 것이 아니라 그의 내면을 형성해 왔던 유기적 인자들이다. 홍윤숙에게 이것들은 종교와 문학이라는 정신적 영역을 통해서 끊임없이 다듬어져야 하는 고통의 뿌리라 할 수 있다.

---

* 홍윤숙 시의 기저를 지성력으로 평가하고 있는 논의들은 다음과 같다.
  김해성(1974), 《韓國現代詩文學全史》, 형설출판사, p.572. 김광림, 〈이 시대를 사는 아픔의 인식〉, 《현대시학》 (1979. 3), p.92. 하현식, 〈언어의지와 다이내미즘〉, 《현대시학》(1985. 9). 조남익, 〈김구용·홍윤숙의 시〉, 《현대시학》(1986. 7). 정영자(1988), 《한국현대여성문학론》, 도서출판 지평, p.243. 김지향(1994), 《한국현대여성시인연구》, 형설출판사, pp.195~240. 김현자(1997), "홍윤숙 시의 거리 두기와 집짓기의 시학", 《한국시의 감각과 거리》, 문학과지성사.

우리의 삶은 시적인 것보다는 비시적인 것 속에 있고 때문에 시와 시 아닌 것 사이에서 우리를 시로 달려가게 하는 것은 바로 비시적인 것들, 즉 추하고 슬프고 고통스러운 현실의 갖가지 결핍들이다. 만일 나의 삶이 항상 기쁘고 행복하고 충만되어 있다면 다시 말하여 시적으로 가득 차 있다면 나는 결코 시를 쓰지 않았을 것이다. (중략) 결국 내가 시를 쓰는 것은 그 숱한 현실의 비시적 불행의식, 결핍감, 고독과 같은 고통들을 극복하기 위해서였으며, 그렇게 시를 쓰는 작업을 통해 무의미하고 허망한 삶에 의미를 부여하고자 한 것이다.*

시인이 말하고 있는 비시적인 것들이란 다름 아니라 여성으로서의 존재, 역사 속에서의 개인, 근원적 한계상황을 인식할 수밖에 없는 존재 일반 등이 야기시키는 갖가지 고통과 결핍을 의미한다. 따라서 그의 또 다른 산문에서 "시는 내게 있어 정신의 해열제 내지는 진통제였습니다"**라고 고백하고 있듯이 그의 시쓰기는 이러한 현실을 내면화시키고, 동시에 그것을 넘어서고자 하는 정신의 훈련 과정이라 할 수 있다.

2. 여성적 삶의 거울로서 '어머니'

홍윤숙은 1925년 황해도 연백군에서 매우 유복한 가정의 무남독녀로 출생하였다.*** 그러나 그가 열 살 정도 되었을 무렵 독자(獨子)였던 부친이 아들을 낳기 위해 작은어머니를 얻게 되며 그의 어머니는 아버지와 별거하게 되는데, 이 사건으로 그는 마음에 깊은 상처를 받게 된다. 시인은 이때 겪었던 슬픔을 "돌아오지 않는 아버지의 빈자리/노랗게 갈잎 지던

---

* 홍윤숙(1987), 〈나의 삶 나의 문학(文學)〉, 《태양의 건너 마을》, 문학사상사, p.87.
** 시선집 《북촌(北村) 정거장에서》(고려원, 1985)에 실린 자서(自序).
*** 홍윤숙의 원래 고향은 평북 정주군 마산면 신오리인데 그가 태어날 무렵 양친이 잠시 이향(離鄕)해 있던 것으로 알려져 있다.

황달 든 세월에도/내 유년의 잔뿌리 흥건히 적시며/생목가지 살 올리던 잠 속의 물은/어머니 한숨 삭은 눈물이었다"(《물소리─놀이 28》에서)라고 회상한다. 이 시에서 보여지듯이 홍윤숙은 아버지가 부재한 상태에서 어머니의 보살핌만으로 성장하게 된다. 당시 우리네 풍속으로 혈통을 잇기 위해 첩을 들여 아들을 낳거나 하는 것은 지극히 자연스러운 일이었으나, 그 이면에는 이처럼 희생으로서의 여성적 삶을 묵인해 버리는 남성 이데올로기의 부당함이 전제되어 있었던 것이다. 사춘기에 접어들기 시작한 홍윤숙에게 어머니와 자신의 존재 가치를 주변적인 것으로 밀어내는 이러한 가정적 비극은 큰 고통일 수밖에 없었을 것이며, 이는 두고두고 그의 시쓰기에 간접적으로 영향을 끼치게 된다. 그 단적인 예를 어머니를 대상으로 한 작품에서 찾을 수 있는데 '어머니' 는 그의 시와 수필에서 가장 많이 등장하는 인물이라 할 수 있다.

그의 작품에 반영된 '어머니' 를 비롯한 여인들의 이미지는 매우 눈물겨운 모습을 하고 있다. 예를 들어 "서러운 정(情) 붙일 데 없는/바람처럼 살으셨네/나의 어머닌"(《어머니 이제(二題)》에서), "산골 할미꽃 허리처럼/시들어간 여자(女子) 우리네 어머니"(《산(山)에는 잡초(雜草)》에서), "할머니가/아침 해에/비춰보던/수심(愁心)의 물거울"(《회상기(回想記)》에서), "스무 살 꽃다운 어미의 가슴에 부황 든 한"(《저 혼자 눈뜨던─약력(略歷) 2》에서)과 같은 시구나, 그의 수필에서 보여지는 "당신은 수없이 밟히고 지나가 버린 길처럼 잊혀지고 지워지다 이제는 영영 사라지고 마셨습니다. 그것이 어머니의 길임을 슬프고 고독한 이 세상 어머니들의 길임을 가르치며 가셨습니다"*와 같은 구절은 고달프고도 한(恨)스러운 어머니의 삶을 암시적으로 드러내고 있다. 설움, 고난, 참음, 한으로 이루어진 여인의 삶은 한국인들의 보편적 인식과 맞물려 있는 것이지만, 이것이 홍윤숙 개

---

* 홍윤숙(1988), 《헤매는 자의 밤을 위하여》, 둥지, p.182.

인의 의식 속에서는 구체적인 삶의 비애로 작용한다. 시인은 여인들의 서러운 삶을 '어머니'를 통해 끊임없이 반추하면서 여성을 천시했던 문화와 여성 스스로 자기 상실 속에 안주하는 자세를 비판*하기도 하지만, 결코 '어머니'가 몸소 보여주었던 희생적 가치 자체를 부정하지 않는다. 오히려 그것은 그에게 슬픔이면서 동시에 아름다움으로 내면화된다.

> 가랑잎 타는 냄새가 나는
> 어머니 굽은 등에서
> 빨간 열매가 한소끔 떨어진다
>
> 어머니는
> 열매를 익히고 타버리는
> 껍질인가 보다
>
> ──〈추석〉에서

이 시에서 보여주고 있는 신체의 해체는 요즘 페미니즘 시에서 자주 발견할 수 있는 이데올로기에 대한 '저항'과는 달리 오로지 희생에 의한 '사랑'을 뜻한다. '가랑잎 타는 냄새'가 가득 피어나는 어머니의 몸은 스스로의 육체를 소진함으로써 '빨간 열매'를 생산하는 모체의 숙명성을 나타낸다. 시인은 모성적 육체를 식물의 생물학적 변이 과정을 통해 알레고리화하고 있는데, 이러한 상상력은 모체의 숙명성을 자연의 섭리와 동일한 것으로 인식하고 있는 시인의 의식을 내포한다. 그런데 이와 같은 모체의 숙명성은 이중의 의미를 지닌다. 즉 생명을 낳고 양육하는 과정에서 '껍질'로 남겨지게 되는 모체의 희생은 비극적인 것이면서 한편으로는 그 희생

---

* 이와 같은 비판의 태도는 수필집 《이 한마디 말》(동화출판공사, 1991)에 실린 〈여자의 제7일〉이란 글에 잘 나타나 있다.

이 '사랑'을 바탕으로 치러진 것이라는 점에서 아름다움을 지닌다. 모성은 여성의 삶을 억압하는 요인이면서 동시에 생명을 창조해 내는 신비한 힘을 지닌다는 면에서 다른 무엇으로 대체될 수 없는 여성 고유의 가치인 것이다. 홍윤숙은 이와 같은 여성적 삶의 양가성을 '어머니'를 통해서 인식함으로써 자기 정체성의 거울로 삼는다.

> 그 길의 가로등엔
> 언제나 뿌연 안개 서리고
> 가랑비 내렸다
> 모 없이 둥근 모습
> 눈물 그렁한 어머니의 얼굴이었다
>
> 한세상
> 골목 밖에 서서 기다리시던
> 기다리며 온 생애 비에 젖으시던
> 어머니의 얼굴은 지상을 밝히시는
> 가로등이었다
>
> 오늘은 내가
> 그날의 어머니 나를 기다리듯
> 떠도는 아이들의 길 위에서
> 밤새 뜬눈으로 서서 기다리는
> 기다리며 비에 젖는 가로등이 된다
> 긴 밤 그리움을 앓는
> 등불이 된다
>
> ―〈가로등〉 전문

'떠도는 아이들의 길'을 밤새 뜬눈으로 비추고 있는 지극한 사랑으로서의 어머니. 그리움과 기다림, 참음으로 점철되는 이 외로운 삶은 그러나 생명을 보육하는 근원적 힘의 발원지인 것이다. 따라서 시인에게 이러한 '어머니'의 상은 여성적 삶의 원본(原本)으로 작용한다. 즉 '오늘은 내가/그날의 어머니 나를 기다리듯' 아이들의 어두운 길을 밝혀주는 '가로등'의 역할을 하고 있는 것이다.

지극히 내성적이고 고독한 성격의 소유자*로서 "착한 소녀(少女)처럼/인내(忍耐)라는 험준한 연인(戀人)을 섬겨"(〈하나의 약속(約束)을〉에서) 온 홍윤숙의 기질은 이와 같은 '어머니' 상을 내면화함으로써 형성된 것이라 할 수 있다. 그렇기 때문에 이 시인의 시에서 "오늘은 내 늙은 어머니의 모습으로/나를 보누나"(〈늙은 비애(悲哀)〉에서)와 같은 어머니와 자신의 동일화를 자주 목격하게 된다. 그리고 홍윤숙의 시에서 가끔 발견되는 휘몰아치는 열정이 절제된 지성으로 걸러질 수 있었던 것 또한 이와 같은 '어머니' 상을 내면화하는 것과 무관하지 않으리라 생각한다. 그가 대표작 〈장식론(裝飾論)〉을 통해서 "중년 여성의 허위의식"**을 객관화하면서 인생의 본질을 드러내줄 수 있었던 것 또한 어머니로부터 생성된 여성관과 연관될 수 있을 듯하다. "여자(女子)가/장식(裝飾)을 하나씩/떨어가는 것은/낙목(落木)하는 나무의/흐느낌으로/질푸르던 한 생애의/진한 아픔을/조용한 하강(下降) 속에/견디는 거다"(〈장식론(裝飾論) 4〉에서)에서 볼 수 있듯이 허위를 벗고 생의 아픔을 조용히 견뎌내는 모습은 곧 시인의 마음속에 내면화된 '어머니'의 이미지인 것이다.

홍윤숙의 여성으로서의 삶에 어머니만큼 큰 비중을 차지하는 또 하나의 인물은 그의 남편인 양한모(1921~1992)이다. 홍윤숙과 양한모의 만남은 아주 독특한 관계 속에서 이루어진다. 경성여자사범학교 시절 홍윤숙

---

* 홍윤숙(1975), 〈여고시절(女高時節)〉, 《해 아래 사는 날》, 중앙출판공사, pp. 347~351 참조.
** 정영자(1988), 앞의 글, p. 247.

은 사회주의 이념에 매료되어 학생운동에 깊이 가담해 있었으며, 이때 그에게 지령을 내렸던 사람이 바로 양한모였다. 홍윤숙은 그가 양한모였다는 사실을 나중에 알게 되는데, 양한모는 당시 공산주의 투쟁 이념을 지휘 보급했던 남로당원이었다. 양한모는 1941년 체포되어 전향하게 되고 6·25 전쟁이 발발했을 당시 홍윤숙에게 직접 피난을 권유했던 인물이다. 이러한 과정을 통해 이 둘은 1951년 1월 결혼에 이르게 된다. 이 둘의 만남과 결혼을 생각해 볼 때 결혼 후 시인의 생활이 여러 가지 어려움에 봉착했을 것이라는 예상을 쉽게 할 수 있다. 그러나 가정을 문학과 동일한 비중으로 중요시했던* 그가 1남 3녀의 어머니로서, 한 남자의 아내로서 겪게 되는 어려움을 언제나 자신의 근원적 에너지인 '어머니'를 통해서 극복해 내고 있음 또한 발견하게 된다.

3. 역사의 비극을 이겨내는 마음의 불

홍윤숙은 우리의 비극적 역사와 파행적 정치 상황에 대해 깊은 관심을 표방했던 몇 안 되는 여성 시인 가운데 하나이다. 그의 시는 사색적이고 내면 탐구적인 경향이 주조를 이루지만 한편으로는 역사와 현실에 대한 지식인의 비판적 목소리 또한 강하게 드러내고 있다. 이러한 그의 사회 비판 의식은 체험을 바탕으로 형성된 것이다.

경성여자사범학교에 진학한 1944년부터 홍윤숙은 역사와 현실에 대해 깊은 고뇌를 갖게 되면서 학생운동에 직접적으로 가담하게 된다. 그 이전에 홍윤숙은 몇 가지 역사적 사건과 마주치게 된다. 그 하나는 그가 태어나기 이전에 있었던 사건으로 조부와 관련된 것이다. 그의 조부는 기미년 만세통에 만세를 부르다 주재소로 끌려가 심한 고문을 받게 되는데, 그 후 유증으로 마흔아홉의 나이에 세상을 뜨게 된다. 이 비극적 가족사는 나중

---

* 홍윤숙(1975), 〈타관(他關)의 햇살〉, 《해 아래 사는 날》, 중앙출판공사, p.203 참조.

에 그의 시 〈뿌리―약력(略歷) 1〉에서 부조(父祖)들의 수난사로 기록된다. 그리고 또 하나의 사건은 대동아전쟁으로 시인은 이를 "최초로 내 생애 중 가장 여린 감성을 관통해 간 공포와 궁핍과 혼란"*이었다고 말한다.

모국어를 빼앗기고 생존마저 위협받던 전쟁의 참담함 끝에 그는 해방을 맞게 되는데 그때 그의 나이 20세였다. 해방은 누구에게나 그랬듯이 홍윤숙에게도 새로운 가능성을 꿈꾸게 하는 "신생의 해"**였으며 기쁨을 안겨다 준 역사의 순간이었다. 그러나 해방의 흥분은 잠시뿐 정국은 좌우익의 대립으로 엄청난 혼란에 빠지게 된다. 그 와중에 그는 진보적 성향이 강한 변두갑 철학 교수를 만나게 되는데 홍윤숙은 이것을 계기로 사회주의 이념에 매료되게 된다. 홍윤숙에게는 사회에 대한 관심과 그에 따른 의식이 구체화되어 가기 시작하는 시점이라는 점에서 이 시기는 그의 일생에 중요한 전환기라 할 수 있다. 이때 형성된 사회 비판 의식은 냉철한 지식인으로서 삶의 태도를 견지해 가는 데 중요한 에너지원이 된다. 연일 데모로 학교들이 정상적으로 운영될 수 없었던 1947년에 서울대학교 사범대학 교육과에 진학하면서 홍윤숙은 연극에 온 정열을 쏟고 지냈는데, 이 무렵 좌익 문인단체인 문학가동맹에 가담(1947년 4월)하게 되는 것도 변두갑의 권유에 의한 것이었다. 이와 더불어 1947년은 시인 이병철을 만남으로써 그가 시인의 길을 걷게 되는 운명적 시기이기도 하다. 등단 이후 써진 시들이 강한 경향적 색채를 띠게 되는 것은 바로 1947년을 전후해서 그가 겪게 되는 이러한 정신적 격변과 깊은 연관을 갖는다.

이는 정녕 모진 땅
눈물만 한 한 점 수분(水分)도 깃들지 않은

* 홍윤숙(1987), 앞의 글, p. 88.
** 홍윤숙(1978), 〈나의 20세〉, 《모든 시대(時代)의 모든 이의 노래》, 문지사, p.200.

강파른 모래땅이라

　　　　　　　　　—〈불모의 땅〉에서

가야 하겠습니다 나의 거리로
그리움과 노래와 싸움이 있어
서울이여! 소리쳐 부르고 싶은
바람에 휘몰리는 나의 거리로

　　　　　　　　　—〈산상(山上)에서〉에서

　1947년에서 1949년 사이에 써진 시들은 대부분은 위에 인용한 작품들과 비슷한 정서와 주제를 드러내고 있다. 이때의 작품들은 현실을 불모지로 인식하는 절망 의식과 이를 돌파해 내려는 강한 의지가 서로 투쟁하면서 거칠고도 열정적인 언어를 만들어낸다. 그리고 감상적 비탄과 구호적 목소리가 뒤섞여 있는 시의 언어들은 관념적 이상으로 치닫고 있는 시인의 내면 의식을 여실히 보여준다. 다소 생경한 느낌을 자아내기도 하는 이 언어들을 통해서 한편으로 이 시인이 얼마나 격정적으로 현실과 부딪치고 있었는지를 짐작해 볼 수 있다.

　연극에 대한 열정, 좌익 학생운동, 운동에 대한 회의, 시인으로서의 삶이라는 그야말로 열화(熱火)에 들뜬 대학 시절을 끝내기도 전에 홍윤숙은 또다시 6·25라는 민족사의 비극을 겪는다. 6·25는 "젊은 감성을 여지없이 유린하고 지나"*간 고통과 절망의 사건이었다. 그러나 그가 피난 시절 《국제신문》을 통해서 발표한 시 속에는 절망보다는 희망을 잃지 않으려는 강한 의지가 더욱 짙게 담겨 있다.

---

* 홍윤숙(1987), 앞의 글, p.88.

302

까마득히 하늘 부르는 잎이며 가지며

모두 다 장엄(莊嚴)한 내일에의 출발을 지표(指標)하누나

       ―〈백양(白楊)에 부치는 노래〉에서

가고 싶다

폐허(廢虛)로 변한 거리일지라도

이제는 불빛 하나 보이지 않는

황막(荒漠)한 폐도(廢都)일지라도

그곳은 태양(太陽)과 꽃들이 뜨겁게 포옹하는

원시(原始)의 수풀

꿈결에도 사무쳐 불러보는 목숨의 거리기에

    ―〈가고 싶다 폐허(廢虛)로 변한 거리일지라도〉에서

 관념이 아닌 현실로 목격한 '폐허(廢虛)' 속에서 '출발의 지표(指標)'와 '태양(太陽)과 꽃들이 뜨겁게 포옹하는/원시(原始)의 수풀'을 되살려내고자 했던 시적 지향은 쉽게 감상의 눈물을 흘리려 하지 않는 홍윤숙의 강한 기질을 그대로 드러낸다. 그럼에도 불구하고 6·25는 그의 내면에 '실향'이라는 또 하나의 깊은 상처를 남기는 역사적 사건이었다. 시집 《경의선(京義線) 보통열차》(문학세계사, 1989)에 실려 있는 〈망향사(望鄕詞)〉 연작시는 고향에 대한 그리움과 실향의 비애를 잘 나타내고 있는데, 거기에는 "외할머니 장지문 여닫는 기침소리"(《청천강을 건너며―망향사 2》에서)와 "무릎 빠뜨리고 울먹이던 어린 날을/업어서 건네 주던 외삼촌 넓은 등"(《달래강―망향사 8》에서)이, "대문 앞 돌계단에 쓰러질 듯 서 계시던/할머니 흙 묻은 짓광목 치맛자락"(《아들아 아는가―망향사 11》에서)이 선명한 기억으로 남겨져 있다. 이처럼 고향은 살붙이들이 살아온 근원적 터전으로서 홍윤숙의 유년을 고스란히 간직하고 있는 모태와도 같은 곳이다. 그

곳은 아직도 시인의 마음을 흔들어놓는 '부름'의 공간이다.

>   자욱한 수수밭에 바람으로 남아
>   지금도 나를 기다리나 봐
>   우수수 우수수 달려오나 봐
>
>   　　　　—〈수수밭 연가(戀歌)—망향사(望鄕詞) 13〉에서

　환청과도 같은 부름의 소리, '우수수 우수수' 나를 기다리며 내게로 달려오는 고향의 소리는 결코 관념이 아닌 '나'의 감각을 파고드는 살아 있는 존재인 것이다. 이 '부름'의 소리는 고향에 대한 그리움이면서, 그 그리움을 견뎌야 하는 고통이기도 하다. 그래서인지 시인은 고향에 대한 기억을 더듬으며 현재 자신의 처지와 같은 과거 실향민의 "천연색 필름" 한 장을 꺼내놓는다. 그것은 고향을 버리고 간도로 이향(離鄕)해 가는 슬픈 동포의 모습이다.

>   누렇게 부황 든 남정네와 그 아낙
>   불 꺼진 남포등 같은 캄캄한 얼굴에 패인
>   가난의 길고 긴 골짜기 뛰어넘으려
>   만주 북간도 어디론가 간다고 하던
>   길 잃은 조선의 반달들
>
>   　　　　—〈경의선(京義線) 보통열차—망향사(望鄕詞) 1〉에서

　고향을 버리고 북간도로 살길을 찾아 떠날 수밖에 없었던 '불 꺼진 남포등 같은 캄캄한 얼굴'들. 이는 그가 유년기에 목격한 역사의 얼굴이다. 홍윤숙의 '고향' 속에는 아름다운 추억만이 있는 것이 아니라 이처럼 나라를 빼앗긴 동포들의 고달픈 삶이 함께 녹아 있는 것이다. 과거 경의선

보통열차에서 보았던 동포들과 분단의 비극으로 타관살이를 하는 지금의 시인은 모두가 역사의 비극 때문에 고향을 잃었다는 점에서 동일한 고통을 가지고 있는 사람들이다. 이러한 일체감을 통해 시인은 고향 상실의 아픔을 '나'의 차원이 아니라 민족 보편의 고통으로 확대하고 있는 것이다.

분단과 실향이라는 고통에 뒤이어 홍윤숙에게 가장 충격을 주었던 역사적 사건은 5·18 광주민주화운동이었다. 이미 노년의 나이에 접어든 그에게 5·18은 과거 전쟁의 비극만큼이나 큰 비중으로 그의 의식에 심한 상처를 가져다준다. 광주민주화운동 이전에도 홍윤숙은 이미 부조리한 사회 현실에 대해 예리한 통찰을 보여주고 있는데, 예를 들면 〈1978년 8월〉이라는 시에서 "천(千)의 악마들이/검은 산양(山羊)처럼 뛰어다니고/어디서나/부란(腐爛)하는 죄의 냄새가 물씬거렸다//창궐하는 사교(邪敎)의 거리거리/죽어가는 아담의 황음(荒淫)이여/정신의 할렘이여"라고 타락한 시대를 비판한다. 그러나 이러한 타락상은 상식을 뒤엎는 광주민주화운동의 광기적 양상에 비한다면 참을 만한 것이었는지도 모른다. 홍윤숙은 견딜 수 없는 시대의 비극을 시집 《사는 법(法)》(열화당, 1983)에서 뜨겁고도 고통에 찬 목소리로 풀어낸다.

> 강철의 태양에 살을 지지며
> 단단한 열매로 최후를 완성하며
> 끝내 한 덩어리 어둠으로 돌아가는 나무
> 땅 위에 뿌리박힌 천형(天刑)의 나무는
> 어찌하여 제 키보다 더 큰 벌 받고 섰는지
> 일러다오
> 바람 부는 벌판에 밤을 지새는
> 우리들 시대에 알맞은 옷을
> 단단한 신들메를, 가슴에 독(毒)을

어디서나 뿌리박고 집을 짓는
풀잎으로 풀꽃으로 변신하는 법
그늘로 낮은 데로 숨어서 야행(夜行)하는 포복의 법
198×년 겨울 나는 법

나직이 일러다오
아픔엔 아픔으로 단근질하고
고통엔 고통으로 밥을 먹이고
바람으로 영혼이 크며 앓으며
'아름답게 미쳐서' 새가 되는 법

—〈사는 법(法) 3〉 전문

이 고통의 언어는 생존을 위협받은 자의 기도로 느껴진다. 왜 벌을 받아야 하는지, 어떻게 살아야 하는지 아무도 속 시원히 말할 수 없었던 폭압의 시대에 시인이 오로지 갈구했던 것은 이 시대를 이겨낼 수 있는 힘이었다. 따라서 〈사는 법(法)〉이라는 제목하에 쓰진 연작들은 절망과 고통에 빠져 있는 사람들을 위무하고 독려하는 따뜻한 어조로 일관되어 있다. "바람 불면 들풀처럼 낮게 숨만 쉬어요/아, 그리고 혼만 깨어 혼만 깨어/이 겨울 도강(渡江)을 해요"(〈사는 법(法) 2〉에서), "추운 몸 서로서로 살 부비고/남은 불 조금씩 나누어 지펴요/어둠 속에 뿌리들 서로 엉켜요"(〈사는 법(法) 4〉에서). 이 간곡한 권유가 그가 보여준 사랑이다. 즉 그는 비판이 아니라 사랑으로 자신을 포함한 동시대인들의 마음을 일으켜 세우고자 한 것이다. 따라서 '단단한 신들메'와 '가슴의 독(毒)'으로 이 시대에 알맞은 옷을 입고 이곳으로부터 날아오를 수 있는 '새'가 되어야 한다는 그의 의지 속에서 고통을 감싸 안고 온전한 삶의 터전을 만들어가고자 하는 따뜻하면서도 비장한 우리 시대의 '어머니' 상을 발견하게 된다.

4. 가벼운 소멸을 향한 실존인의 고뇌

한 시인의 시세계라면 몰라도 생애를 탐구하는 과정 속에서 '소멸에 대한 인식성'을 물음하는 것은 어찌 보면 맞지 않는 일일지도 모른다. 왜냐하면 이는 가족사나 역사의 궤적 속에서 읽혀지는 생의 실질적이고도 구체적인 모습과는 좀 다른 차원이기 때문이다. 일반적으로 시인의 생애에 초점이 맞추어진 글들은 주로 시인의 의식성보다는 외적인 사건과의 관계성을 객관화하는 데 주력하기 마련이다. 그럼에도 불구하고 홍윤숙의 생애를 탐구하는 과정에서 '소멸에 대한 인식성'이라는 테마를 끌어들이고 있는 것은 그의 삶을 구성하는 많은 요인 가운데 '소멸'의 의미는 결코 간과할 수 없는 중요한 문제이기 때문이다.

기실 늙음과 죽음의 문제는 인간 존재라면 누구나 겪어야 하는 필연적 한계상황이다. 이 보편적 실존 상황이야말로 인생에서 가장 큰 사건이 아니겠는가. 다만 그것은 외적 환경에 의해 야기되는 사건과는 달리 타자와의 관계성을 떠나 생명 자체가 본질적으로 안고 있는 문제라는 점에서 지극히 내적인 인식의 문제로 간주되곤 한다. 그러나 가족이나 역사의 둘레 속에서 빚어지는 생의 사건만큼이나 한 개인에게 있어 죽음의 문제는 매우 구체적인 사건이다. 그것은 관념적 인식 이전에 현존재의 신체감각을 통해 경험되는 아주 분명한 사건인 것이다. 유년 시절에 아버지로부터 받았던 상처나 전쟁의 혼란이 가져다준 처참함보다도 홍윤숙을 더 집요하게 괴롭혔던 것은 바로 이와 같은 실존의 문제였을 것으로 파악된다.

홍윤숙이 나이 듦을 의식하기 시작하는 때는 두 번째 시집 《풍차(風車)》 (신흥출판사, 1964)를 출간할 무렵으로 보인다. 그는 시 〈풍차(風車)〉에서 "외로움이 진하면 거울을 보고/거울 속 눈물에 번져나는/희미한 얼굴(중략)//붉은 양관(洋館) 긴 층계를 내리면서/문득 내 나이 이미 젊지 않음을/생각하는 날"이라고 고백하고 있다. 삼십대 나이에 홍윤숙은 이미 자신의 존재성을 '거울'에 비추어보고 있는 것이다. 이러한 나이 듦의 인식은 이

후 〈장식론(裝飾論)〉을 통해 더욱 분명한 물음의 양태로 심화된다. "어디에/그 빛나는 장식들을/잃고 왔을까"(〈장식론(裝飾論) 1〉에서), "여자(女子)가/장식(裝飾)을 하나씩/떨어버릴 때/씻은 그릇처럼 정결해질까"(〈장식론(裝飾論) 4〉에서)라는 물음 속에는 소멸을 향해 가고 있는 자신의 육체에 대한 쓸쓸한 인식이 담겨 있다. 이로부터 홍윤숙의 시 속에는 '소멸'의 문제가 집요하리만큼 반복적으로 드러난다. 그의 곁에서 생멸의 내밀한 과정을 고스란히 보여주면서 그로 하여금 자신의 존재성을 물음하게 하는 스승은 다름 아닌 '자연'이다.

> 감꽃 지는
> 감나무 밑에서
> 지는 감꽃을 바라보노라면
> 어디선가 시나브로 해 지는 소리 들려
> 을지로 퇴계로 한남동 고개에서
> 한강 서강 샛강 건너에서
> 지는 해 댕댕댕 우는 소리가 들려
> 가슴에 새 한 마리
> 덩달아 부엉부엉 우는 소리가 들려
> 감꽃 지는
> 감나무 밑에서
> 지는 감꽃을 바라보노라면
> 사방에서 뚝뚝뚝 해 지는 소리 들려
> ―〈감꽃 지는 감나무 밑에서 1〉에서

이 시에서 '지는 감꽃'의 시각적 영상은 시인의 육안을 통과하면서 '소리'의 울림으로 바뀐다. '댕댕댕' 종소리로 울려 퍼지는 소멸의 묵중한 소리는 곧 시인이 감지한 시간 의식과 연결되는데 이는 '지는 꽃'을 '지는 해'의 이미지로 전이시키는 상상 작용에 의해 이루어진다. 시인은 '지는 감꽃'이 보여주고 있는 자연현상을 통해서 주어진 시간의 유한성을 깨닫고 있는 것이다. 온통 지는 소리로 가득한 세계 속에서 '덩달아 부엉부엉 우는 소리'를 내고 있는 자신의 내면에 귀 기울이는 순간은 곧 '개안(開眼)'의 순간이라 할 수 있다. 거기에는 소멸을 인식한 자의 우수와 깨달음이 동시에 내재해 있다. 홍윤숙 시에서 존재의 소멸을 의미하는 식물 이미지를 자주 발견할 수 있는데 예를 들어 "아침에 분홍빛 장미를/축복 속에 피워놓고/저녁에 지체 없이 걷어 가는 손/꽃들은 이유 없이 태어나/유예 없이 간다"(〈꽃들의 생애(生涯)〉에서)와 같은 구절이 그것이다. 이와 같이 '꽃'의 이미지가 환기하는 아름다움과 덧없음의 세계는 허무감과 정갈함을 함께 전달한다.

> 봉긋한 새순으로 돋아나고 싶다
> 돋아나 눈마다 다닥다닥 꽃잎으로 발려지고
> 어느 날 달덩이만 한 열매 하나
> 덜컥 가지에 낳아놓고
> 낙일 속에 꼴깍 숨어버리고 싶다
>
> ─〈봄나무─놀이 23〉에서

한 생애 만발하다가 깨끗이 지는 식물의 생애야말로 이 시인이 지향하는 소멸의 모습일 것이다. 이 속에는 풍요로운 생성과 그것에 집착하지 않는 단정한 죽음이 깃들어 있다. 그러나 한순간 피었다 지는 꽃의 생애에 비한다면 인간에게 '죽음'은 육체의 긴 해체 과정을 거치면서 이루어진다. "뼈마디 마디 좀먹고 삭아서 푸석거리는/쇠락한 육신의 밤으로 오고/등뼈 한 눈금씩 가라앉는/영혼의 밑 빠진 큰 나락 보이기 시작한다"

〈〈선고(宣告)—놀이 19〉에서), "만성 기관지염 쿨룩거리는 마른 늑골 사이로/온종일 덜컹대며 지나가는/오십 년의 길고 긴 무쇠 차바퀴"(〈타관(他關)의 햇살 그 후(後)—놀이 37〉에서) 등의 시구에서 알 수 있듯이 인간의 육체는 여러 가지 징후를 통해서 시시때때로 소멸의 자명성을 지각시킴으로써 우리의 의식을 공포와 허무, 집착 등 다양한 심리적 혼란에 빠지게 만든다. 이러한 마음을 다스려가는 과정이 현존재의 실존 의식이라 할 수 있다.

시인은 시집 《마지막 공부》(분도출판사, 2000) 서문에서 "사실 영혼의 가벼운 날개 위에 '무' 이외에 무엇을 실을 수 있겠는가. 진실로 이제 깨닫는다. 삶은 끝없이 꾸는 꿈이고 죽음은 비로소 깨어나는 현실임을 그리고 그 현실은 바로 다름 아닌 허무임을 이제 알겠다"라고 말한다. 그렇기 때문에 이 시집은 허무의 빛이 진하게 드리워져 있다. 시 〈슬픔 2—목숨 혹은 원죄 6〉에서는 "모습 없는 물안개, 자욱한 안개 같은/비애의 강물을 일용할 양식처럼 섬으로 마시지만/이상하게 그것은/먹으면 먹을수록 허기가 지고/영혼까지 비어서 뼛속까지 쓰리다"라는 존재의 근원적 허무와 마주치게 되는데, 이는 아무리 담아도 무(無)로 돌아갈 수밖에 없는 인간 존재의 실존과 그것을 체험으로 느끼는 시적 화자의 비애를 동시에 드러낸다. 이와 같은 무거움으로서의 존재 인식을 홍윤숙은 거듭 가볍게 함으로써 소멸의 고통을 정화해 내고자 한다.

노을 묻은 산수유 잎새
바람에 지듯
그렇게 무음무색(無音無色)으로
세계의 저편으로 사라지고 싶다
　　　　　　　　　　—〈노을 묻은 산수유 잎새 바람에 지듯〉에서

한 생애 무거운 살 벗어놓고
고통의 뼈도 내려놓고
가볍게 가볍게 깃털 하나로
약속된 시간 지체 없이 돌아가는
귀향의 길

—〈마지막 공부 2—놀이 68〉에서

마침내 순백으로 돌아가는
허무의 희디흰 속살
살을 벗은 뼈의 눈부심

—〈백발—목숨 혹은 원죄 14〉에서

'살'의 무게를 벗어버린다는 것은 육체가 원하는 욕망과 집착을 벗어버리는 일이다. 자신을 무화시키는 이러한 관념의 노정을 통해서 죽음을 가벼운 것으로 받아들이고자 하는 홍윤숙의 초월의식을 엿볼 수 있다. 오랜 세월 동안 소멸의 문제와 마주해 왔던 그가 이제는 '허무의 희디흰 속살'을 느긋하게 들여다볼 수 있는 경지에 이르고 있는 것인가. 시 〈겨울 운문사(雲門寺)〉를 보면 생멸의 환희와 고통을 여유롭게 바라보고 있는 시인의 시선을 느낄 수 있다.

겨울 운문사에 갔더니
단청도 화려한 대웅전 새 법당에
부처님은 아니 계시고
법당 앞뜰에 사백 년쯤 묵은 소나무 한 그루
네 활개 쫙 펴고
엎드려 허덕허덕 백팔번뇌 견디느라

늘어진 가지마다 깁스하고 그 옆에

아직 어린 목련나무 한 그루

뽀얗게 물올라

가지마다 봉실봉실 꽃망울 빚어놓고

금시라도 터질 듯 기다리고 있었다

문득 소나무 목련나무 가지 사이로

금빛 햇살 온몸에 치덕치덕 바른

부처님이 숨어서 한쪽 눈 찡긋 감고 웃고 계셨다

"주지승이 찾거든 모른다고 해, 해, 해, 해,"

장난스레 웃으며 청솔가지 툭 치니

햇살이 와르르 쏟아졌다

　'허덕허덕 백팔번뇌 견디느라' 애를 쓰고 있는 묵은 소나무와 '봉실봉
실 꽃망울 빚어놓고' 생명의 충일을 겨워하는 어린 목련나무 사이로 쏟아
져내리는 '햇살'의 웃음. 삶과 죽음의 단절적 심연에 넘쳐나는 이 웃음의
깊이는 산문화하기 어려운 공안과도 같다. 생과 멸을 '웃음'으로 함께 싸
안아 들 때 육체적 존재의 무거움은 더 이상 무거움이 아닌 것으로 화한
다. 시인은 그쯤에 서서 묵은 소나무와 어린 목련나무가 빚어내는 생의 드
라마를 보고 있는 것이다. 이 시가 드러내고 있는 이 같은 깊이와 경지는
그가 아주 긴 세월 동안 소멸의 문제를 천착해 온 결과에서 비롯된 것이라
할 수 있다. 집요한 물음과 고뇌가 이제는 그의 내부에서 웃음 같은 햇살
로 쏟아져내리고 있는 것이다.

5. 교목(喬木)의 생(生)

　홍윤숙의 삶 속에 내재해 있는 고통의 뿌리들을 생각하면서 나는 한 그
루의 교목(喬木)을 떠올릴 수 있었다. 여성으로서, 역사의 비극을 이겨내

려는 지식인의 한 사람으로서, 그리고 소멸의 고통을 되새김질해야 하는 실존적 존재로서 그의 생의 궤적은 척박한 삶의 토양을 생명의 부지로 되살려내고자 하는 치열한 의식으로 일관해 있다. 이 글에서 자세히 언급하지 않았지만 그는 독실한 가톨릭 신자임에도 불구하고 결핍과 부조리함으로 가득 차 있는 세계의 고통을 신에게 떠맡기지 않음으로써 자신의 삶을 보다 책임감 있게 이끌고 온 신앙인이라 할 수 있다. 그에게 있어 종교는 고통의 도피처가 아니라 오히려 자신의 거짓된 모습을 일깨워주고 스스로를 견고하게 하는 정신의 수양처이며, 실천적 '사랑'의 배움터이다. 그렇기 때문에 〈주일미사(主日彌撒)〉, 〈속(續)·주일미사(主日彌撒)〉, 〈다시 성탄절(聖誕節)에〉, 〈나의 예수〉 등 그의 신앙시는 찬양이나 갈구의 언어로부터 벗어나 있다. 이러한 신앙인으로서의 자세 또한 맹목적 믿음 속에 안주해 버릴 수 없었던 그의 인생에 대한 열정과 창조적 의지를 말해준다. 인간 삶 속에서 벌어지는 수많은 고통과 비극을 내면화하고 그것을 다시 시의 언어로 재창조해 내는 그의 시쓰기는 그런 의미에서 고통스럽고, 불안하며, 덧없기조차 한 인간 삶에 의미감을 부여하고자 하는 끊임없는 노력인 것이다.

홍윤숙 연보

1925년	8월 19일 평안북도 정주군 마산면 신오리 출생.
1943년	동덕고등여학교 졸업.
1944년	경성여자사범학교 강습과 수료.
1946년	경성여자사범대학 예과 2년 편입.
1947년	국립 서울대학교 사범대학 교육과 진학. 연극부 초대 회장으로 학생 연극 활동. 《문예신보》에 시 〈가을〉 발표.
1948년	《신천지(新天地)》, 《민성(民聲)》, 《예술평론》, 《새한민보》 등에 시 〈낙엽(落葉)의 노래〉, 〈산상에서〉, 〈가마귀〉, 〈환별(歡別)— 너의 장도(壯途)에〉 등을 발표하며 등단.
1949년	《태양신문》 문화부 기자.
1950년	6 · 25 한국전쟁으로 상기 대학 중퇴.
1951년	1월 대구로 피난.
1952년	부산에서 아동 잡지 《파랑새》 근무.
1958년	《조선일보》 신춘문예에 희곡 〈원정〉 당선. 《현대문학》에 희곡 〈무너진 땅〉 발표.
1962년	제1 시집 《여사시집》 출간(동국문화사).
1964년	제2 시집 《풍차》 출간(신흥출판사).
1966년	시극 동인회 창립 입회.
1967년	시극 〈여자의 공원〉을 《현대문학》에 발표. 이인석, 신동엽 씨와 함께 국립극장에서 공연(아시아재단 후원). P.E.N. 클럽 작가 기금으로 시극 〈에덴 그 후의 도시〉 집필 및 출간(을유문

	화사). 《현대 한국 신작 전집》 6권에 수록.
1968년	중앙방송국(KBS 전신) TV에서 희곡 〈무너진 땅〉 방영. 제3 시집 《장식론(裝飾論)》 출간(하서출판사).
1969년	36차 국제 P.E.N. 프랑스 망통 대회 참석.
1970년~ 1979년	상명여자사범대학 국어과 출강.
1971년	제4 시집 《일상(日常)의 시계(時計) 소리》 출간(문원사).
1972년	제1수필집 《자유 그리고 순간의 지상》 출간(서문당). 일본 문화연구 국제회의 정대표로 참가. 〈일본 전전시(前戰時)에 나타난 한국관 고찰〉 집필 및 일본 P.E.N. 클럽 발행 《일본 문화연구》에 수록 출간.
1973년	제2회 세계시인대회 대만 대회에 참석.
1974년	제5 시집 《타관(他關)의 햇살》 출간(유림문화사). 제2수필집 《하루 한순간》 출간(성바오로 출판사).
1975년	문화예술진흥원 작가 기금으로 장시 〈공후인〉 집필 및 《민족문학 대계》 6권에 수록 출간. 제3수필집 《해 아래 사는 날》 출간(중앙출판공사). 제7회 〈한국시인협회상〉 수상.
1978년	제6시집 《하지제》 출간(문지사). 제4수필집 《모든 시대의 모든 이의 노래》 출간(문지사).
1980년	제5수필집 《해질 녘 한 시간》 출간(샘터사).
1983년	제7 시집 《사는 법(法)》 출간(열화당).
1984년~ 1986년	한국여성문학인회 회장 역임.
1985년	제6수필집 《나의 아픔이 너의 위안이 된다면》 출간(제3기획). 〈대한민국문화예술상〉 수상.

1987년	제8 시집 《태양의 건너 마을》 출간(문학사상사).
1988년	제7 수필집 《헤매는 자의 밤을 위하여》 출간(동지사).
1989년	제9 시집 《경의선(京義線) 보통열차》 출간(문학세계사).
1989년~ 1991년	한국시인협회 회장 역임.
1990년~ 현재	대한민국 예술원 회원.
1993년	제8 수필집 《모든 날에 저녁이 오듯이》 출간(열린출판사).
1994년	대한민국 문화훈장 보관장 서훈. 제10 시집 《낙법(落法) 놀이》 출간(세계사).
1995년	〈공초 오상순문학상〉 수상.
1996년	제11 시집 《실낙원의 아침》 출간(열린출판사). 〈서울시문화상〉 수상.
1997년	일본 국제 P.E.N클럽 주최 아시아 작가대회에 참석, 〈한국 현대 여성문학〉 동향 주제 논문 발표. 〈대한민국 예술원상〉 수상.
1998년	제12 시집 《조선의 꽃》 출간(마을).
1999년	제9 수필집 《지상(地上)의 끝에서 돌아보는 지상》 출간(성바오로출판사).
2000년	제13 시집 《마지막 공부》 출간(분도출판사).
2001년	〈3·1문화상〉 예술 부문 상 수상.
2002년	홍윤숙 작품집 《시극, 희곡, 장시》 출간(문학포럼). 제14 묵상 시집 《내 안의 광야》 출간(열린출판사). 〈춘강문화상〉 예술 부문 상 수상.
2004년	제15 시집 《지상의 그 집》 8월 출간 예정(시와 시학).

그 외에 시선집 《사과밭 주인의 집》(성바오로 출판사), 《북촌(北村) 정거장에서》(고려원), 《내 바람의 주소》(자유문학사), 《나의 바다에 섬 하나》(기독지혜사), 《짧은 밤에 긴 시(詩)를》(문학아카데미), 《방목시대(放牧時代)》(미래사), 《사람을 찾습니다》(일선출판사) 등과 수필선집 다수가 있다.

한국대표시인선집 홍윤숙

초판 1쇄 ― 2004년 7월 5일
초판 2쇄 ― 2005년 10월 7일

지은이 ― 홍 윤 숙
펴낸이 ― 전 성 은
펴낸곳 ― (주)문학사상
주 소 ― 서울특별시 송파구 오금동 91번지(138-858)
등 록 ― 1973년 3월 21일 제1-137호

편집부 ― 3401-8543~4
영업부 ― 3401-8540~2
팩시밀리 ― 3401-8741~2
지로계좌 ― 3006111
홈페이지 ― www.munsa.co.kr
한글도메인 ― 문학사상
E · 메일 ― munsa@munsa.co.kr

ISBN 89-7012-507-8 04810
ISBN 89-7012-500-0(세트)